謎は花に埋もれて

Makoto Usami
Mystery buried in flowers

宇佐美まこと

光文社

謎は花に埋もれて

目次

装幀　鈴木久美
装画　榎本マリコ

ガーベラの死

「志奈子《しなこ》！」

スマホから菜摘《なつみ》の悲痛な声が聞こえてきた。

「どうしたの？」

志奈子は左腕で抱えていたカスミソウの束を作業台の上に下ろした。今、花卉《かき》市場から仕入れてきたばかりで、店の中に運び入れているところだった。ただならぬ友人の声に、肩で挟んでいたスマホを、ちゃんと握り直した。

「房枝叔母《ふさえおば》さんが――」菜摘の声は震えている。

「えっ！　房枝さんがどうかした？」

「家の中で倒れていたのを、お隣の藤野《ふじの》さんが見つけて」

そこで菜摘はわっと泣き崩れた。不吉な予感に、志奈子も身震いした。

「救急車を呼んでくれたんだけど、だめだったらしいの」

「だめって――」

スマホの向こうで菜摘がしゃくり上げている。

志奈子は目を上げて店の前に停《と》めたままにしてあるライトバンを見た。アルバイトのライが、せっせと花を降ろしている。

「もうだいぶ前に亡くなってたんだって。たぶん、昨日の晩に」

「そんな……」

花の束を抱えたライが、志奈子のそばを通っていく。店が狭いので、志奈子は作業台に体をぴったりくっつけて道を空けた。

「どうしよう、志奈子」

「しっかりして、菜摘。すぐに房枝さんの家に行くから。だからあなたもすぐに出て」

「お願い」

大丈夫だろうか。菜摘はかなり動転しているようだ。

「ライちゃん！」

「はい」

店の奥で、新聞紙にくるまれたままのトルコギキョウをバケツに立てていたライが顔を上げる。作業台のそばに置かれたスツールの上で眠っていた三毛猫のムサシも志奈子の声に反応して目を開き、「ミャオ」と一声鳴いた。ライは年寄り猫を見やって、柔らかな笑みを浮かべた。ベトナム人の彼女は、この近くの専門学校の夜間部に通いながら、志奈子が経営する花屋でバイトをしている。

「ちょっと出て来なくちゃ。水揚げ、やっといてくれる？」

「はい、だいじょぶです」

壁時計に目をやった。午前八時二十分。開店時間は九時半だ。

「もしかしたら、開店までに帰って来られないかも。そしたら、また電話するから」

「オッケーですよ」

「フラワーショップ橘《たちばな》」でもう三年以上働いているライは、仕事の要領はすべて呑《の》み込んでいる。

一人で店番を頼んでも心配はない。

「じゃあ、頼んだわね」

花を降ろし終わったライトバンに乗り込んで、房枝の家に向かった。車を走らせながら、動悸《どうき》が激しくなるのを覚えた。菜摘にはあんなことを言ったけど、自分も相当動揺している。

房枝が死んだ？　とても信じられない。確かまだ七十三歳だったはず。

彼女の家に花を活《い》けにいったのは、つい四日前のことだ。あの時はまったく変わった様子はなかった。いつものようにおしゃべりをして、お茶をご馳走《ちそう》になって帰ってきたのだった。房枝は「フラワーショップ橘」をとても贔屓《ひいき》にしてくれていて、一週間に一回、志奈子が選んだ花を家に飾らせてくれているし、ことあるごとに花束を注文してくれた。

彼女の姪《めい》である菜摘と志奈子が大学時代の同窓生だということで、もう何十年も続いた関係だ。今年五十五歳になる菜摘も志奈子も、すでに両親を亡くしていたから、房枝は母親のような存在だった。花好きな彼女は、志奈子が花を持っていくのをとても楽しみにしてくれていて、行くとつい長居をしてしまう。

房枝も志奈子には心を開いて、何でも話してくれていた。

「菜摘はどうもふらふらしていていけないわ。志奈ちゃんみたいにしっかりしてくれるといいんだけど」

よくそんなふうに言っていた。

「そんなことないですよ。私なんか地味な性格で、親が残した花屋をやっていくのが精いっぱいなんだから」

「あら、そこがいいのよ。地に足がついているじゃない。菜摘は仕事も定まらないし、結婚もしないで、どうするのかしらね」

　志奈子は、アハハと笑った。

「私だって、結婚したのはつい二年前のことですよ。こんなに年を取ってから。まさかこんなことが起こるとは、自分が一番びっくりしてます」

「いいじゃない。人生の伴侶を得ることは大事なことよ。横山《よこやま》さんも志奈ちゃんのようなお嫁さんをもらえて運がよかったわね」

「いや、彼の方がうちに転がり込んできたんですけどね」

　そこで二人で声を合わせて笑った。

　そんな房枝との会話を思い出しながら、車を運転した。信号機が滲《にじ》んで見えて、自分が泣いているのだと気がつく。あんなことを言っていた房枝も生涯独身を通した。彼女はかなり名の知れた歌人だった。歌集を何冊も出していたし、彼女が講師を務める短歌教室は、大人気だった。

　房枝の家に着くと、菜摘の車以外に、警察車両が停まっていて驚いた。家の前には、異変を察知して来たらしい近所の住人が何人か立っていた。家の中もざわついていた。

「志奈子！」

　玄関土間まで入ると、待ち構えていた菜摘が抱きついてきた。

「大丈夫？　菜摘」

　たくさんの革靴が脱いである玄関から、奥を窺《うかが》った。

「房枝さんは？」

「まだ居間なの。倒れた場所で検視を受けているの」

「検視？」

菜摘は別の部屋で待たされているということで、そっちへ二人で入った。房枝が一人暮らしをしていた家は、十数年前に古民家を買って移り住んだものだった。郊外にある元は農家だった家で、房枝が老後の生活を見据えて買い求めたのだ。

菜摘は血の気の引いた顔をしてはいたが、志奈子が来たことで安心したようだ。房枝が倒れていたのを発見した藤野さんというお隣さんが、しばらくは付き添ってくれていたらしい。その時に、房枝を見つけた時の様子などを教えてくれたという。

朝になっても門灯が点《つ》いたままになっているのを不審に思った藤野さんが、玄関前で声をかけた。返事はなかった。玄関に鍵は掛かっていなかったので、よく行き来していた藤野さんは、奥まで入ってみた。そこで居間で倒れていた房枝を見つけたのだった。

「もう息がないのはすぐにわかった」と藤野さんは言ったのだそうだ。房枝はすっかり冷たくなっていたのだ。それでも藤野さんは救急車を呼んだ。

駆けつけた救急隊員は、もう亡くなっていると藤野さんに告げた。家族に連絡するように言われて、ようやく菜摘に連絡がきた。消防署から警察にも知らされた。自宅で亡くなった場合は、たとえ病死でも不審死として扱われ、警察が臨場することになっているらしい。

「でも藤野さんによると、体には傷とかは見当たらなかったから、病気で亡くなったんじゃないかって」

「病気？」

「そう。たとえば脳出血とか、心臓麻痺《まひ》とか」

志奈子は黙り込んだ。突然死と呼ばれるものが、そういったことが原因で起こり得るとはわかっていた。それでもそうした突発的な死が、房枝の身の上に降りかかるとは、信じられなかった。

「今、警察の検視官が調べているの。かかりつけ医を訊《き》かれたから、大野《おおの》先生にも来てもらったのよ」

近所の内科医の名前を、菜摘は挙げた。病院以外で亡くなるということは、大変なことなのだと初めて知った。同時に刑事の女房失格だなと思った。

二年前に結婚した横山昇司《しょうじ》は、所轄署の刑事だ。「フラワーショップ橘」がある商店街近くの住宅に白昼強盗が入った。その犯人が逃走するところを偶然志奈子が目撃したので、昇司が何度も聞き込みに寄ったのだった。大柄な体を丸めるようにしてのその歩く昇司を見て、ライが「あのヒト、クマさんみたいですねぇ」と言い、志奈子はぷっと噴き出した。

志奈子の証言のお陰で犯人は逮捕された。それが縁で親しくなり、結局結婚することになった。昇司もずっと独り身だったので、「フラワーショップ橘」の二階にある志奈子の住居に越してきて、それが一応二人の結婚の形だった。

三十分ほど後に襖《ふすま》が開いて、白衣を着た老人が入ってきた。その人がかかりつけ医の大野医師だということは、菜摘に言われなくてもわかった。

「大変でしたね」

房枝とそう年齢が変わらないように見える医師は、座卓のそばに腰を下ろした。志奈子がお茶を淹《い》れようとするのを、手で制する。

「心不全でしょう。山根《やまね》さんは軽い不整脈の症状がありましたから」

「そうなんですか？　私には全然そんなこと――」

菜摘がちらりと視線を送ってきたのに、志奈子も首を振る。房枝は自分の体の不調を、いちいち誰かに相談するような人ではなかった。

「昨夜、山根さんは心臓発作を起こされたんだと思いますよ。大変お気の毒ですが」

菜摘が座卓に顔を伏せて泣き崩れた。志奈子は、寄っていってその背中をさすった。

大野は分厚い眼鏡《めがね》を指で持ち上げて、小さく咳払《せきばら》いをした。

「死亡診断書は、私が書いておきますから」

警察官が入ってきた。検視官かもしれない。

「病死という判断ですので、我々も引き上げます。もうご遺体を動かしてもかまいません」

大野医師が帰っていき、警察官たちも出ていった。まだ泣いている菜摘を励まして、志奈子は居間へ行った。房枝は床に倒れていた。板張りの床は水浸しで、その中に倒れているのだった。

「叔母さん！」

菜摘が房枝の体に取りすがって泣くのを、志奈子は茫然《ぼうぜん》と見下ろした。到底現実とは思えなかった。ついこの間まで元気に話していた人が、今は冷たくなってしまっていることが。警察官たちが出ていったのを見ていたのか、隣の藤野さんが夫婦でやって来た。しっかりした二人の指示で座敷に布団を敷き、房枝をそこに寝かした。水の中に横たわっていたせいで全身が濡《ぬ》れそぼっていたので、着物に着替えさせた。

歌人だった房枝は、たくさんの着物を持っていた。その中の一枚が、死に装束になってしまうとは、まったく予期しないことだった。藤野さんのご主人が葬儀屋を呼び、何もかもが事務的に進んでいった。藤野さんに促されて親戚に連絡を取り始めた菜摘を置いて、志奈子は居間に戻った。

床が水浸しだったのは、花瓶が落ちて割れたせいだ。四日前に志奈子が活けた花が床に散らばっていた。スターチス、アルストロメリア、バラ、ユリ、ガーベラなどが、白い花瓶の破片と交じって散乱しているのを、虚《むな》しく見詰めた。たくさんの花を活けるために、花瓶は房枝が用意した大ぶりなものだった。だから水も広範囲に広がっていた。

警察官の話では、花台のそばで心臓発作を起こした房枝が倒れ込む時に、花瓶に触れたのだろうということだった。

これを活ける時、どんな話を房枝としただろう。あれが最後になってしまうなんて思わずにいた。あの時の花の中で息絶えるとは、房枝自身も思いもしなかったに違いない。花に囲まれて息絶えるのが、彼女にはふさわしい死に方だったのか。

房枝は本当に花が好きだった。彼女の短歌には、花を詠《うた》ったものも多い。志奈子は、房枝に断って、「フラワーショップ橘」で売る花のそばに、そういう短歌を筆書きして貼っておいたりしたものだ。

かなしみはしまひ込むほど胸焦がす濃緋《こきひ》の薔薇《ばら》を押し抱くごと
あるがままただあるがままに色変へるあぢさゐ花にならふ生き方
百合《ゆり》の香に心乱るる夕まぐれざくりと切りたしその太き茎

房枝は、「静かな情念の歌人」と呼ばれていた。彼女が詠《よ》む歌が、志奈子は大好きだった。

「悪いけどあなた、そこを片付けてくれる？　親戚の方々が来たら居間に出入りするでしょうから」

廊下を通りかかった藤野さんの奥さんが声をかけていった。こういう場合、こんなふうに実務を引き受けてくれる人がいるのは有難いことだ。唯一の身内である菜摘は、嘆き悲しむだけで役に立たない。菜摘にはきょうだいはいない。両親が年を取ってからやっと得た一人娘として、彼女は甘やかされて育った。そんなだから、房枝が言うように、どうにも頼りないというか、他人に対する依存心が強いのだった。

自分が活けた花を片付けるのは道理のような気がして、志奈子はゴミ袋を持ってきた。花を拾い集めようとして、違和感を覚えた。床の上に散乱した花をじっと見て、その理由に気がついた。四日前に活けたばかりだから、どの花もまだ瑞々《みずみず》しい。それなのに、なぜかガーベラだけが萎《しお》れているのだ。志奈子は床に膝をついて、ガーベラを一本取り上げた。花びらをくたっと閉じた赤いガーベラだ。ガーベラは、花も茎もすっかり傷んでしまっているのに、持ち上げると、茎は硬くぴんとしている。

その理由を志奈子は知っていた。そっと茎を裂いてみる。ガーベラのストローみたいな茎の中には、細い針金が通してあるのだった。その針金を抜き取ると、ガーベラの茎はくたんと折れてしまった。ガーベラは首が弱いので、花屋ではこうして細い針金を茎に通して長持ちさせる。だけど、なぜガーベラだけが萎れているのかはわからなかった。

ふと思いつき、志奈子はスマホを取り出して、水浸しの床と散らばった花々の写真を撮った。それから花を全部ゴミ袋に入れて床を拭いた。割れた花瓶の欠片《かけら》も丁寧に拾い集めた。座敷を覗《のぞ》くと、菜摘がやや落ち着いた態《てい》で座っていた。どうやら遠縁の親戚が駆けつけてきたようだ。それで志奈子も一度店に帰ることにした。花を入れたゴミ袋も持ち帰った。

その晩、夫の昇司に房枝が亡くなったことやその顚末《てんまつ》を語った。

同じ署で刑事課に所属する昇司は、もちろんその検視官を知っていて、その人が医師の意見も聴いて心不全と断定したのなら、間違いないだろうと言った。

「そうね……」

弱々しく同調する志奈子を、親密にしていた房枝が亡くなったせいだととらえたようだ。

「急なことだったよなあ。平均寿命からしたら七十三歳は早いけど、仕方がない。人の生き死には誰にもわからないものだよ」

素っ気ない言いようだったが、そこには昇司なりの思いやりがあるのだ。そのことはよくわかっていた。つくづく彼と一緒になれてよかったと思った。それから独りぼっちになってしまった親友の菜摘のことを思った。

菜摘が両親亡き後、結婚もせず、気が向くままに仕事を転々として不安定な生活を続けているのを、叔母である房枝は気にかけていた。菜摘の母親と房枝とは、十五歳違いの姉妹だった。菜摘の母親は病弱だったので、歌人として身を立てたしっかり者の妹に、菜摘のことを託すという様子が感じられた。

志奈子と菜摘は大学時代、陸上部に所属する長距離走の選手だった。女子駅伝では、常に上位に位置する優秀な陸上部だった。そこで二人は出会い、意気投合して親密に付き合うようになったのだ。お互いの家族のことも含め、何でも打ち明け合う関係だった。

若い頃から菜摘は、気分屋で軽率なところがあった。他人に影響されやすく、安易に行動を起こしてしまう。それでいて、つまらないことで人と張り合ったりもした。そういう性格は生まれ持ってのもので、数々の失敗を重ねてしまってもあっけらかんとしている彼女を憎めなかった。

志奈子も、裏表のない天真爛漫《てんしんらんまん》な菜摘が好きだった。だからこそ、今までずっと付き合ってきたのだ。菜摘の方も志奈子を頼りにしていた。だが、聡明で世知に長《た》けた房枝には歯がゆかったのだろう。何かと苦言を呈していた。

陸上部の監督である相沢《あいざわ》との一件もそうだった。

厳しい指導に徹し、女子駅伝で地区優勝に導いた相沢を、菜摘は慕っていた。それが陸上部員としての従順さや敬慕とは違っていると気づいた時には、もう菜摘の気持ちは止められないところまでいってしまっていた。驚いたことに、相沢もそれに応えたのだ。当時、監督は二十九歳で、妻子もあったというのに。

監督と特別な関係に陥ったことを、菜摘から上気した顔で告げられた志奈子は仰天した。

「何やってんのよ、菜摘。監督には奥さんも子供さんもいるのよ」

彼女の忠告も、有頂天になった菜摘には届かなかった。菜摘は、何十人もいる女子陸上部員の中から自分が選ばれたことで悦に入《い》っていたのだ。無邪気で思慮が浅い菜摘は、周囲の事情などには思いが至らない。恋愛に対しても無防備で幼稚だった。

「監督はあなたを弄《もてあそ》んでいるだけよ。あなたと結婚する気なんかないわよ」

目を覚まさせようとする志奈子の言い分を、笑って聞き流した。志奈子も含めて部員の誰もが監督に憧れていて、彼の意中の人になった菜摘に嫉妬しているのだという手前勝手な幻想に浸っていたのだ。

相沢は大学で経済学を教える講師で、彼の妻は学部長の娘だった。妻と別れて菜摘を選ぶとは到底思えなかった。菜摘と深い関係を結んだ上で、素知らぬ顔をして陸上部の指導をしている厚顔無恥な相沢が憎かった。しかし、そのことを告発して相沢を糾弾する勇気は、当時の志奈子にはなかった。そんなことをすれば、菜摘にも大きな傷がつく。

思い悩んだ挙句、志奈子が取った行動もまた子供っぽいものだった。相沢の妻に、夫が浮気をしていることを知らせようとしたのだ。それも菜摘の名前を出さずにそれとなく気づかせる方法を、頭を絞って考えた。

まったく、今から思えば苦笑するしかない企《たくら》みだった。そんなことをやり遂げるうまい方法を思いつかなかったのだ。

志奈子は、花屋を営んでいた父に頼んで、月桂樹の花を仕入れてもらった。月桂樹の花はあまり需要がなく、市場に出回ることは滅多にない。それでも志奈子が熱心に頼むものだから、父は枝もの専門の業者に当たって、花を付けた月桂樹の枝を仕入れてきてくれた。その大束をきれいにラッピングし、志奈子は相沢の家に届けた。

月桂樹の花の花言葉は「裏切り」。一般には見ることのない奇妙な花束を受け取った妻が、花に込められたメッセージに気づくかどうかは賭けだった。

本当は相沢の妻に直接渡し、意味深な言葉の一つも投げつけてくるつもりだった。しかし、家の前まで行って決心が鈍った。月桂樹の花束を、そっと玄関先に置いてくるのがやっとだった。

妻がその花束の意味に気づいたかどうかはわからない。だが、相沢と教え子である菜摘との関係は、妻を含む周囲に知れた。房枝も、姪が犯した愚かな過ちを知った。当時房枝は、既に中央歌壇に揺るぎない地位を確立していた。志奈子たちが通う大学の理事長や学長とも懇意にしていた。彼女はおろおろする両親を差し置いて、大学に乗り込んでいった。事情を知った房枝の怒りは、姪を呼びつけて叱責するだけでは収まらなかったのだ。二十歳かそこらの分別がつかない女子大生と、安易に肉体関係を結んだ相沢にも向けられた。

相沢が陸上部監督というポジションのみならず、大学講師という安泰な職を追われたのは、多分に房枝の意向が影響していたと思う。失意のうちに大学を去った相沢は、結局妻とも離婚した。その後もろくな人生を送らなかったようだ。郷里に帰って家業を継いだが、祖父の代から続いていたささやかな商売も潰《つぶ》してしまった。

挽回《ばんかい》を図って手を出した事業はことごとく失敗した。再婚することもなく、六十歳を超えた今は、市内のスポーツ用品店に雇われて働いているという。

なぜ志奈子が相沢の消息を知っているかというと、菜摘と相沢が偶然出会い、また付き合いを始めたからだ。そのことを房枝は知らずに死んでしまった。その方がよかったと思う。そういう事情を隠しもせずに告げる菜摘に促されて一度相沢に会ったが、溌剌《はつらつ》としていた若い頃の面影は消え、うらぶれた初老の男にしか見えなかった。どうしてこんな男とまた菜摘は交際を再開したのだろう。嫌悪感を抱きつつも、志奈子は考えた。

その心当たりは、志奈子にはあった。おそらくは志奈子が昇司と結婚したことが、菜摘のつまらない競争心に火を点けたのではあるまいか。五十歳を過ぎるまで、たいした恋愛もしてこなかった志奈子が、こんなふうに伴侶を得て家庭を持ったことが、菜摘にとっては衝撃だったのだ。

そんな時に相沢と再会した。単純で一途な菜摘は、それを運命とでも思ったのではないか。ばかばかしいとは思うが、菜摘はそういう人間なのだ。のぼせやすくて自儘《じまま》で奔放で、見ようによっては長所でもある性格で、これまでも失敗を繰り返してきた。房枝も、そういうところを充分に理解して心配していたのだ。

はらはらしつつ菜摘と相沢の付き合いを見ながら、志奈子はそれを房枝には告げられずにいた。ひとつには、若かった自分が「裏切り」という名の花束を彼の妻に届けたことが、相沢の転落人生のきっかけになったのではないかという負い目と、こと菜摘のことに関しては、感情を滾《たぎ》らせる房枝のことを慮《おもんぱか》ってのことだった。なにせ彼女は、「静かな情念の歌人」なのだ。

しかし、そうした配慮ももう無用になった。突然の房枝の死は、志奈子にとっても受け入れ難いことだった。歌を愛し、花を愛し、人を愛し、才気煥発《さいきかんぱつ》で行動力のある愛すべき老女はいなくなってしまった。花を活けながら、彼女とたわいのないことを話す時間が、どれほど貴重なものだったか、今になって思い知った。

夕食の片付けをして、店舗に下りてみた。閉店後の店内は暗い。ショーケースの中に収められた花々をじっと見詰めた。カーネーションやバラ、ユリ、デンファレ、ラナンキュラス、カトレア、アンスリウム、ブルースター……。それぞれの花に、房枝の思い出が重なる。

作業場の隅に、房枝の家から持ち帰った花を入れたゴミ袋が置いてあった。

志奈子は、店の照明を点けてゴミ袋を開けてみた。やっぱりガーベラだけが萎れている。それを一本ずつ取り出してコンクリートの床に並べた。花びらを閉じた赤や白、オレンジ、黄色のガーベラが並んだ。黄色いガーベラを手にした時、茎の下の方に奇妙な穴が開いているのが目についた。穴の縁は黒くなっている。なぜ黒くなったのか？　志奈子は目を凝らした。そこは焦げているようだった。

焦げる？　水に浸《つ》かっていた花がどうやったら焦げるのか。

志奈子はエプロンのポケットからスマホを取り出して、房枝の家で撮った写真を見てみた。割れた花瓶の水がそこら中に広がっていた。散らばった花は、浅い池の中に落ちて浮かんでいるみたいに見えた。黄色のガーベラは一本しかなかった。それは壁に近いところに落ちていた。他の色のガーベラも重なり合うように近くに散らばっていた。茎の短いガーベラは、花瓶の前の部分にまとめて活けてあったのだ。

房枝が一人で家でくつろいでいるところを想像してみた。慣れ親しんだ家の中だ。あの家は、房枝が自分の生家にどこか似ていると言って購入したものだった。志奈子たちが住む町は、多摩地域南部に位置していて、都心までのアクセスもよくない。住宅地や農地に加え、河川や丘陵地も多い。たいていの人が不便だと思うロケーションを、房枝は気に入っていた。

「私が生まれたところは、もっと田舎の農家だったの。貧しいけど、楽しい生活だった」

そう言っていた房枝の言葉が蘇《よみがえ》ってきた。十五も年の離れた姉が、夜昼なく働く両親の代わりに彼女の面倒をみてくれていたらしい。そんな環境からひたすら努力して、短歌の道を極めた房枝が、安らかな生活を営む場だった。古いが気持ちよく整えられた家で、活けた花がよく映えた。

房枝は居間で、ゆっくりと食後のお茶を飲んでいるところだったのか。それとも本を読んでいたのか。風呂から上がったところだったかもしれない。

立ち上がって花台の横を通る。花瓶に挿した花の香りを吸い込んで、ちょっと微笑《ほほえ》む。その時だった。心臓が痙攣《けいれん》を起こす。房枝は胸を押さえる。苦しさに顔が歪《ゆが》む。声を上げただろうか。でも誰も来ない。そう広くない庭だが、庭木がたくさん植えられていた。閉め切った家の中の老女の声は、近所の誰の耳にも届かない。

房枝は倒れ込む。その際に、花瓶に手が触れ、花いっぱいの花瓶は床に落ちる。音を立てて割れる花瓶。水が床一面に撒《ま》き散らされる。花々は水の中に散らばる。その中に房枝も倒れ込む。房枝の指がガーベラに触れる。重なり合ったガーベラは、次々に萎れていく。今まさに息絶えようとする家の主人に殉じるように。

そこまで頭の中で描いて、志奈子は目を閉じた。


房枝の通夜は、翌日の晩営まれることになった。葬儀はその次の日だ。葬儀には、店を閉めて参列することにして、通夜の日の昼間は店を開けた。営業中にも、ライに店番を頼んで、房枝の家との間を行ったり来たりした。菜摘のことが気になった。

菜摘はさめざめと泣いたかと思うと、ぼんやりしたりと、自分の気持ちをコントロールできないふうだった。しかし、隣の藤野さん夫婦や房枝の短歌の弟子たちがしっかりと付き添ってくれていたので安心した。これも房枝の人徳のお陰だろう。

志奈子自身も、店にいても何だか落ち着かなかった。疲れているのに、気持ちが昂《たかぶ》っていた。ガーベラだけが全部萎れてしまっていたのはなぜなんだろう。水の中に浸かっていたにもかかわらず。なぜ黄色のガーベラ一本だけが焦げていたのか、志奈子はずっと考えていた。三月だから暖房器具もない、漏電《ろうでん》して火花が散ったとか？　それはあり得るかもしれない。居間の梁《はり》や柱は剝《む》き出しだし、その上を這《は》わせた電気コードも古かった。何かが頭の中に浮かびかけている。それは確たる形になる前に、消えていく。

ぼうっと通りを見ていた。店の前の歩道を、見慣れた顔の男性が通った。

「平井《ひらい》さん」

つい声をかけた。がっしりした体格の中年男性が顔を向けた。彼は近所で電気工事会社を営んでいるのだ。時々、花を買いにきてくれる。いかつい顔をしているが、愛妻家なのだ。作業着姿の平井は、ひょいと店に入って来た。

昨日の出来事を説明し、奇妙な状況に、電気が関わっているのではないかという考えを平井に伝えた。現場の写真も見せた。

「床に水がぶちまけられていたんだな？」

平井は興味を覚えたらしく、現場写真に目を凝らした。

「で、ガーベラの中にだけ、針金が通っていた」頭の中を整理するみたいに、平井は呟《つぶや》いた。「この水たまりに接して冷蔵庫とか洗濯機とか、置いてなかった？」

志奈子は頭の中に居間で見た光景を浮かべてみた。挙句、頭を横に振った。

「いいえ、なかった。花瓶は何もない床の上で割れて散らばってた。広がった水は、電化製品には触れてなかったと思う」

「そっか。古い家電が漏電して、水がそれに通電するってことは案外あるんだ」

浸水被害などに遭った住宅では、電気が通った途端に感電する事故があると平井は言った。彼は仕事がら感電事故にも詳しかった。

導体に電流が流れようとしている時、電流を妨げようとする力が生じる。電気抵抗はΩ《オーム》という単位で表される。平井の説明を聞きながら、志奈子は頭の中を整理した。この場合の導体とは、人体のことだ。皮膚は案外抵抗値が高い。でも濡れた皮膚では、これが格段に下がってしまう。水と漏電は、常に近しい関係にある。

感電した時、人体と電源との接触部分には電流痕が残る。いわゆる火傷《やけど》だ。これはジュール熱というものによって形成される。電流と人間の体の電気抵抗との摩擦が火傷を生じさせるのだ。この痕跡から、感電したことが容易にわかる。だが水の中で感電すると電気の流入が広範囲にわたるから、電流痕は残らない。水中で電流が拡散されるせいだ。

「ここで漏電したって思う？」

志奈子の問いにベテランの電気工は答える。

「かもな。家庭での漏電は結構危険なんだよ。交流は直流に比べると、三倍から四倍くらい危ない。命を落とす人だっている」

家庭用電源は、電圧が周期的に変化する「交流」だ。危険な交流は、感電死因の第一である心室細《しんしつさい》動《どう》を起こしやすい。

　家庭用電源なら、一〇〇ミリアンペアもあれば、心臓は無秩序に収縮するだけとなり、心臓停止に至る。家庭用電源でも、感電すれば一秒で心室細動が始まることもある。そういうことを、平井は教えてくれた。そんな専門的なことは、志奈子は知らなかった。電気を便利に利用するだけの生活では、そんなことを意識することもない。

　房枝は、漏電事故で亡くなったのだろうか。うっかり落としてしまった花瓶の水に不幸にも電気が通って。

「もしあの水たまりの中に電気が通ったとしたら、針金を通されたガーベラは、ダメージを受けるだろうね。針金が熱を持って、じわじわ中から傷んでしまったのかも」

　それでガーベラだけが萎れていたのか。

「これを見て。ここんとこ」

　黄色いガーベラを平井に見せた。

「うん。だからさ、ここに漏電部分が当たってたんじゃないかな？　直《じか》に接した部分だから焦げたんだと思うね」

　つまり、ジュール熱の仕業だ。ガーベラの茎は火傷をしたのだ。二人はまた写真に視線を落とした。焦げた痕のある黄色のガーベラは、くしゃくしゃに縮れた姿で床に落ちていた。でも何にも触れていなかった。他の花と同様、花瓶から飛び散った恰好《かっこう》で水に浸かっているだけだった。

「変だな」平井は頭をひねった。「後でどけたんじゃないか？」

「誰が？」

「誰かが」

もし房枝が思いがけない感電事故で亡くなったとしたら、その原因となった家電を片付ける暇なんかなかったはずだ。事故の場に別の誰かがいたということか。

「あー、もしかして」じっくり写真を検分していた平井が言った。「古い家だから、天井を這わせてたコードが切れて垂れたんじゃないかな。被覆《ひふく》の取れたコードがこの――」

平井は手前に転がる黄色のガーベラを指差した。焦げた痕は、破損したコードが当たった場所ではないかという。

そんな様子はなかったと志奈子は告げた。確かに古い電気コードが梁や壁を伝っていたけれど、切れてぶら下がったようなものはなかった。もしそんなことが起こったとしたら、やっぱり誰かが切れたコードを片付けたとしか考えられない。

心室細動。破損したコード。そこにいたかもしれない誰か。


葬儀は市内の葬儀場で営まれた。大勢の参列者が来て、房枝の死を悼んだ。喪服姿の菜摘に、ずっと志奈子は付き添っていた。彼女はようやく叔母の死を受け入れたようで、いくぶん落ち着いて見えた。喪主挨拶も滞りなく済ませた。

その晩、志奈子は房枝の歌集に目を通した。あの人は、こういうふうに短歌に自分の気持ちを込めていたのだと思った。心の奥底にしまい込んだかなわない願いや、どこにも持っていきようのない叫び、誰にも知られることのなかった苦悩などを。

志奈子は葬儀に相沢が来ていたのに気づき、嫌な気持ちになったのだった。菜摘はこれからどうするつもりなのだろう。単純で操りやすい菜摘の気を引くことは相沢には簡単なことだったろう。菜摘と一緒になることは、彼にとって願ってもない安楽地を得ることになる。菜摘には親が残してくれた家がある。つつましく暮らしていくなら不自由はない。そんな地盤があるからこそ、菜摘は身を入れて働こうとはしなかったのだ。そんなことも相沢は計算に入れているような気がした。相沢が、苦労知らずでふくふくと肥えた家畜に取り付く吸血虫のような気がしてきた。

少し前、相沢は房枝と少しでも近づきになろうと、彼女の歌集を熱心に読み込んでいるのだと、菜摘が嬉《うれ》しそうに言っていた。その時も不快感を覚えた。今さら取って付けたようにそんなことをするなんて。きっと房枝はこの男の下心を見破り、彼の望みを退けるに違いなかった。房枝は決して相沢が犯した過去の間違いを許さなかっただろう。己の権力をかさに着て、弱い立場の者を自由に操る男を。

房枝がそんな男を憎むのには訳があった。いつか、志奈子が相沢の家の前に月桂樹の花を置いてきたという話を房枝にしたことがあった。あの顛末からだいぶ経《た》ち、笑い話として話題にできるくらい気にならなくなった頃のことだ。

あれで相沢の妻が夫の不実に気がついたのかも、と志奈子が言うと、房枝はお腹《なか》を抱えて笑った。きょとんとしてしまった志奈子に、房枝は言った。

「あなたと同じことを、昔私もしたわ」

それから驚くべきことを、房枝は告白した。彼女が歌人を志して弟子入りした師に、力ずくで肉体関係を結ばされていたことがあるのだと。それはまだ房枝が十七歳の時だったという。

「あの時代、そんなことを告発する勇気なんて、小娘の私にはなかったわね。自分の身に起こっていることがうまく理解できなかった。ただ恐ろしくて恥ずかしくて縮こまって言いなりになるしかなかったのよ」

あ然とした志奈子に、さもないことのように房枝は語った。

「だからね、先生の奥様に知ってもらおうとして、月桂樹の花を一枝だけ戸口に置いてきたことがあるの」

妻にも歌詠みの素養があり、花言葉にも通じていたから、すぐにその事実に気がついたのだという。聡明な妻によって、この事実は穏便に処理された。その後、房枝は師から離れて自立する道を模索していったのだと言った。言葉もない志奈子に、また房枝は笑いかけた。

「まさかあなたが私と同じことをして、菜摘を助けてくれるなんてね」

それ以来、房枝と志奈子の仲はさらに親密になった。菜摘には打ち明けない話もしてくれるようになった。房枝はその時のことを短歌にしていて、歌集にも載せていた。


その咎《とが》を知らしめんとて門《かど》に置く裏切りと云《い》ふ名を持つ花を

もう一度、歌集に収められているその歌を読み返してみた。

そしてはっとした。相沢は、房枝のこの短歌を読んだのではないか。そして、自分の罪を告発したのが、房枝だと思い込んだのではないか。菜摘と不倫関係にあるということを妻に気づかせ、その上で自分を追い落とすことに加担したのだと。あの当時、自分が受けた糾弾は、綿密に仕組まれたものだと勘違いした——？

床に広がった水の中で亡くなっていた房枝。萎れたガーベラ。焦げた茎。漏電と感電。

志奈子の中で、つながっていく一本の線。その一端は、やはり自分が担っていたという事実に戦慄した。

夫の昇司に湧き上がった疑念を話した。

「房枝さんは、裸足《はだし》で亡くなっていたの。両足の裏は濡れていたわ」

現場にはスリッパは残されていなかった。いつ行っても、居間の板張りは丁寧に拭き掃除をされていた。そこを老女は裸足で歩いていたのだ。板張りの感触を楽しむように。

志奈子は平井に教えられたことを話した。相沢と菜摘の関係や房枝の歌集のことも付け加えた。そこから導き出した自分の考えも。

「誰かがあそこにいたのよ」

そうとしか考えられない。ガーベラだけが萎れてしまったのは、中に通された針金に電気が通ったせいだ。重なり合うように散らばったガーベラは熱を伝えあった。そして壁に近いところにあった黄色いガーベラには、漏電を起こす何かが接触したのだ。誰かの手によって。

ガーベラを狙ったわけではない。その誰かは、床に広がった水にそれを浸けた。細工された家電か、被覆を取った電気コードか、とにかく通電していたものを。たまたまそこに黄色のガーベラがあったということだ。電流痕を残すことになるガーベラが。

「房枝さんは感電したのか」昇司は唸《うな》るような声を出した。

「感電させられた——と思う」

偶然の感電事故でないのは明らかだ。なぜなら、感電の原因となったものが片付けられていたからだ。隣人が訪ねて来た時も、医師や警察が現場に駆け付けた時も、それはなかった。房枝が、割れた花瓶とそこから飛び出した花と水の中に倒れていただけだった。

花瓶は、心臓発作を起こした房枝が弾みで落としたのではない。たぶん誰かが故意に落として割ったのだ。水を床にぶちまけるために。裸足でいる房枝の足裏を濡らすために。たちまち広がる花瓶の水の中、房枝の両足の裏は濡れてしまう。

彼女は、咄嗟《とっさ》にかがんで花を拾おうと水に手をやったのかもしれない。心室細動が起こったのなら、その可能性は高い。あれからまた平井に訊いた。人体の中を電気が通る時、左手から心臓、そして脚への流れが一番危険だということだった。何が起ころうとしているのか、理解できないでいる房枝を尻目に、誰かはすかさず水たまりに通電させた。

心室細動を起こして倒れ込む房枝。一瞬でそれは起こったはずだ。その誰かは念を入れてもう少しの時間、通電させ続けていたのか。ガーベラの芯の針金が熱を持つくらい。

「やったのは、相沢?」

「そんなことはわからない」志奈子はゆっくりと首を振った。「ただ動機はあったのよ」

明確な動機が。

相沢の人生を狂わせたきっかけは、教え子である菜摘と安易に関係を持ったことだ。それをこっそり彼の妻に教えようとしたのは、志奈子だ。「裏切り」という花言葉を持つ月桂樹の花を玄関先に置くという小細工をして。

原因を作ったのは自分なのに、浅ましい相沢は、その行為に及んだ人物を恨んでいた。その後の惨めな生活のすべての責任は、あの花束を置いた人物にあると一途に思い込んでいた。そして、今やっとそれが誰だかわかった。房枝に取り入ろうとして彼女の歌集を読んでいた相沢は、大いなる勘違いをしたのだ。彼には、過去に房枝が同じ目に遭い、同じ行為に及んでいたことなど知る由もない。

長年探し求めていた憎むべき人物に行き当たったと思い込んだのだ。

昇司は腕組みをして考え込んだ。その顔を、志奈子はじっと見詰めた。勢い込んで刑事である夫に話したのに、急速にその自信が萎《しぼ》んでいった。仮説は仮説だ。ただの素人の思い付きだ。

「証拠は何もないわ。これは可能性の一つに過ぎないのよ」

口に出すと、いかにも頼りない推理に過ぎないと思われた。

「まったくの見当はずれっていうこともあるし」

だんだん声が尻すぼまりになっていく。昇司は志奈子の肩をポンと叩《たた》いた。

「ここからは警察の仕事だな」

いつもの人懐っこい笑顔を浮かべた夫を見て、やっと志奈子は肩の力を抜いた。


昇司は、房枝の家の周辺の防犯カメラを調べた。すると房枝が死んだ夜に、住宅街を抜けたところの幹線道路を行く相沢の車を見つけた。しかし房枝の家を訪ねたのかどうかはわからない。彼女の家は奥まったところにあり、彼女の家から誰かが出てきたことは確認できなかった。幹線道路から相沢の自宅へ至る道路の周辺を、警察は捜索した。すると道沿いのマンションの管理人から、引っ掛かりのある証言が聴取できた。彼はゴミ捨て場に、電気コードが捨てられているのを見つけたと言った。電気製品から引きちぎられたようなコードで、ちぎれた先は、被覆が剝かれて中の銅線が露《あら》わになっていた。

「うちのゴミ捨て場は道路に面しているので、こうやって不法にゴミを投棄していく人がいるんですよ」

彼はまだそのコードを保管していた。次の不燃ゴミの収集日まで取っておいたのだという。警察官が回収して帰ったコードから、相沢の指紋が検出された。彼の指紋のサンプルは、入り浸っていた菜摘の家から採取された。マンションに備え付けられている防犯カメラを確認すると、車を停めてコードを投げ捨てる相沢らしき人物が映っていた。

その画像と指紋のついたコードを突きつけられて、とうとう相沢は房枝を殺したことを白状した。感電の方法は、志奈子の推理でほぼ合っていた。房枝がいつも大ぶりの花瓶に花を飾っているのを、菜摘から聞いての犯行だった。

彼は職を転々とする間に、電気工務店でも働いていて、漏電や感電の知識があったようだ。彼の供述によると、床に落ちた黄色のガーベラのそばにはコンセントがあって、そこにコードを挿し込んで電気を通したということだった。コードは電動ドリルから引き抜いたものだ。

房枝は心不全で突然死したのではなかった。殺されたのだった。もともと心臓の悪かった房枝は、床にぶちまけられた花瓶の水の中に通電させられ、心室細動を起こして死んだのだ。

「志奈子さん、お手柄だったね。君が感電のからくりに気がつかなかったら、この事件はただの病死で片付けられていたよ」

昇司がいつになく昂った口調で言った。その言葉に、志奈子は曖昧に微笑んだきりだった。志奈子にとっては房枝が亡くなったことには変わりなく、彼女の死因がはっきりしたところで、気が晴れたりはしないのだ。そのことに昇司も思い至ったのだろう。すぐに表情を引き締めて沈痛な面持ちを浮かべた。

「僕らの仕事はさ——」訥々《とつとつ》と言葉を継いだ。「始動するのは、誰かが傷ついたり命を落としたりした後なんだ。被害者が受けた傷は治っても、心は元には戻らないこともある。失われた命はなおさらだ。どんなに捜査を尽くしても、虚《むな》しい行為だと思うこともたびたびあるよ」

志奈子は夫の言葉に耳を傾けた。持ち上げたコーヒーカップから立ち昇る湯気の向こうに、昇司の丸くて温厚な顔が見えた。どうしてこの人は、警察官になろうと思ったのだろうかと、今さらながらに考えた。およそそんな厳しい現場に身を置くような人には見えない。

「だけど、それでも被害者のために真実を突きとめないといけない。人の思惑には関係なく真実はそこにあるんだから。罪を犯した人物を野放しにしておくわけにもいかない」

ようやく志奈子は心の底から微笑むことができた。この人と一緒になれてよかったとまた思った。房枝の死の真相を訴えたのは自分ではない。それは萎れたガーベラなのだ。針金を通されたガーベラが、うやむやにされそうになった主人の死の原因を、身を呈して表現したのだった。花好きな房枝の声をガーベラはすくい取って、その声を聴き取れる志奈子に伝えたような気がする。たくさんの花の中で、ガーベラだけが醜くなった姿をさらした。主人の命の火が消えるのに合わせて、ガーベラも死んだのだ。それが始まりだった。きっと昇司も、そういった現場の数々の声を聴きながら、真実に近づこうとしているのだろう。それは決して虚しい行為ではない。

そこまで考えて、志奈子は少しだけ慰められた。


捜査が進むにつれて、相沢の動機もはっきりしてきた。

昇司から志奈子はそれを聞かされた。志奈子の予想と異なり相沢は房枝に対して復讐《ふくしゅう》しようとしたわけではなかった。

「あいつの目的は、菜摘さんが受け継ぐはずになっている房枝さんの財産だったんだ。相沢は数々の事業の失敗によって莫大《ばくだい》な負債を背負っていたんだ。それでにっちもさっちもいかなくなっていた。

菜摘さんから、房枝さんが菜摘さんを受取人として大きな額の生命保険に入っていると聞いたこともあったようだ。ああいう堕落した奴《やつ》は、恨みだの復讐だのというものでは動かない。結局現実的なことが動機になるんだ。要するに金目的なんだ。悲しいことに」

相沢は房枝の歌集を読んでも、月桂樹の花言葉や、それが自分の不義を告発しようとした短歌だとは気づいていなかったそうだ。それを聞いて、志奈子はぽかんとしてしまった。志奈子の早とちりに、どこかでクスクスと笑っている房枝の声が聞こえたような気がした。

心配なのは、菜摘のことだった。

相沢が叔母を殺した容疑で逮捕されたことで、菜摘はひどくショックを受けた。ただ自分は利用されただけで、そこに愛情などは存在していなかったことを知り、一時は虚脱状態に陥ってしまった。今度こそは自分の愚かさが身に沁《し》みてわかったのか。

志奈子は何度も彼女を訪ねて励まし続けた。

房枝の四十九日の法要は、あの愛すべき古民家で催されることになった。法要が翌日に迫った日、菜摘はへなへなしていた体にぐっと力を込めた。

「ねえ、志奈子。またいっぱい花を飾ってよ。大きな花瓶を買ってくるから。この家にお花がないのは寂しいわ。叔母さんもきっとそう思ってるに違いないわ」

「そうね！」

しばらく来なかった古民家を掃除しながら、志奈子も声を張り上げた。

「房枝さんが好きだった花をたくさん飾りましょう。それが供養になると思うから」

「ええ。そして私はこの家に引っ越して来ることにする。お母さんや叔母さんが生まれ育った家にここはよく似ているって、二人から聞いてたのよ。ここを空き家にしておくわけにはいかない」

みるみるうちに立ち直っていく菜摘を見るのは嬉しかった。彼女のいいところは、失敗してもめげることなく、不撓不屈《ふとうふくつ》の精神でまた蘇ってくるところだ。そのエネルギーに、志奈子はいつも圧倒されるのだった。無垢《むく》で真っすぐで一徹で熱い。それはまさに「静かな情念の歌人」であった房枝から受け継いだものだろう。

志奈子は房枝から聞いていた。

房枝は短歌の師から無理強いされて肉体関係を結ばされていた時、身ごもったのだった。体の変調を、若い房枝は誰にも相談できなかった。彼女がこっそり産んだ赤ん坊は、子のない十五歳上の姉夫婦の子として引き取られた。田舎のことで、事情を呑み込んだ助産婦がうまく取り計らってくれたのだった。

「このことは、菜摘には決して言わないで。そのつもりで私はあの子を手放したんだから」

淡々とそう口止めする房枝に、志奈子は驚きながらも頷《うなず》いた。だから、この事実は自分の胸だけにしまっておこうと決めている。

法要の朝早くに、志奈子は房枝の家で花を活けた。花瓶の中には色とりどりのガーベラも挿した。手を動かしながら考えた。房枝は、予期せぬ妊娠により赤ん坊を産んだ。その後は精進して短歌で身を立てた。一人で生きていく道を選んだ。自らの腹を痛めた子のそばで成長を見守りながら、決して母親だと名乗ることなく。

大学生の菜摘が、監督である相沢に弄ばれたと知った時、憤怒の念を抑えきれなかったのは、かつて自分も同じ目に遭っていたからだろう。しかしそれ以外の人生では、怒りも悲しみもせつなさも、彼女は露わにすることはなかった。ただ短歌にだけ込めた。

房枝の歌集の中の一句を、志奈子は思い浮かべた。

花車《はなぐるま》ひとり花瓶で首垂るる声上ぐことも泣くこともなく

花車とは、ガーベラのことである。この句は、房枝の人生を如実に表したものだと思えた。美しい花々は、朝の光の中で輝いていた。そのかぐわしい香りを、志奈子は胸いっぱいに吸い込んだ。

馬酔木《あせび》の家

鑑識員たちが道具をまとめて、次々と警察車両に積み込み始めた。

横山昇司《よこやましょうじ》は庭に立って、目の前を通っていく紺色の制服姿の鑑識員を見ていた。

玄関内に鶴井《つるい》の顔を見つけると、大股で寄っていった。

「鶴井さん、もう現場に立ち入ってもいいですか?」

「ああ、いいよ」

ベテランの鑑識課長は、ぶっきらぼうに答えた。いつものことだ。口数は少ないが、念入りな仕事をする彼に、昇司はねぎらいの言葉をかける。

「お疲れさんでした」

「お」

それだけ言うと、鶴井は背中を向けた。鑑識員たちの乗った車両のエンジン音を背中で聞きながら、昇司は家の中に入った。後ろから、同じように庭で待機していた酒井《さかい》がついてきた。

さっきまで大勢の警察官で溢《あふ》れていた家の中は、静まり返っていた。一一〇番通報に応じて最初に駆け付けた交番の警察官からの第一報は、この家で殺人事件が発生したというものだった。その無線を聞き、警ら中のパトカーが向かった。所轄署からは、強行犯捜査係の昇司と酒井がこの家に駆け付けたのだった。

その後からも続々と捜査員や鑑識員がやって来て、一時は三十人ほどの人員で家の中は騒然とした。それが三時間ほど前のことだ。

「横山主任、前の道路の規制は外してよろしいでしょうか」

玄関土間に立った昇司に、庭から制服警察官が声をかけてきた。

「道路だけ。門の中にはまだ誰も入れないように」

「はっ」

警察官は、きびきびとした動きで去っていった。振り返ると、規制が外された途端に、門の外に大勢の人々が集まってきたのが見えた。門から家の中を覗《のぞ》くようにしている野次馬たちを、自動車警ら隊の警察官らが押しとどめている。群衆の中には、テレビ局のクルーや新聞社の記者らしき人物も交じっている。

立派な門の内側には、白い小さな花をたくさん咲かせた木が一本植わっていた。あれは何という木なんだろうと昇司は一瞬考えた。

そのまま、ざっと庭を見渡す。広い庭には、樹木や庭石が品よく配置されている。手入れも行き届いている。春の光に照らし出されて、緑は輝きを増しているようだ。この家で殺人事件が起こったとは、にわかに信じられない。

昇司はゆっくりと家に上がった。玄関も廊下もゆったりとした造りだ。玄関の間《ま》には、立派な磨き丸太の柱が据えられていた。殺人現場となった奥村《おくむら》家は、この辺りでも有名な資産家だった。

昇司と酒井は、玄関横の応接間に入った。どこもかもバリアフリーにしてあるのは、この家の主が、車椅子生活を送っているからだ。

奥村久雄《ひさお》、七十三歳。車椅子を使う彼が殺人事件の加害者だった。昇司は、応接間のソファを見下ろして立った。現場に到着した時、このソファには、被害者である久雄の息子、賢一《けんいち》が横たわっていた。すでに息はなかった。頭部をゴルフクラブで殴打され、頭蓋の損傷が激しかった。おそらくは頭蓋骨骨折による脳挫傷《のうざしょう》が死因だろうとは、臨場した検視官の見立てだった。現場検証の後、遺体は運び出された。大学病院に運ばれて司法解剖にかけられる予定だ。

ちらりと隣に立つ酒井を見ると、唇を真一文字に噛《か》み締《し》め、目を瞬《しばた》かせていた。彼の視線の先には、賢一の頭部から出た血でぐっしょりと濡《ぬ》れたソファとクッションがあった。強行犯捜査係になったばかりの若い酒井は、まだこういう現場には慣れていないのだ。

頭蓋骨を砕かれ、顔も血だらけの遺体を目の当たりにした時のことを思い出しているのか。昇司は鑑識員が撤収した後、この現場をもう一度見ておきたかった。頭の中を整理しつつ、部屋をぐるりと見回した。

昇司と酒井が駆けつけた時、遺体のそばには、車椅子に座った久雄が青ざめた顔でいた。青ざめてはいたが、動転したり、自失したりはしていなかった。

「私が殺しました」

もう何度も言ったであろう言葉を、昇司にも投げかけた。一一〇番への通報も自らしたという。車椅子の後ろに控えていた妻の睦美《むつみ》が、声を殺して泣いていた。車椅子のハンドルを握った両手が、異様なほど震えていた。

それはそうだろう。夫が息子を殺してしまったのだから。ソファの下の床には、凶器となったゴルフクラブが放り出されていた。ヘッドは血塗《ちまみ》れだった。それも鑑識員が回収していった。

久雄は所轄署に連行された。睦美も同行した。捜査員が久雄の車椅子を押そうとするのを、妻が頑《かたく》なに拒んでいたのが印象に残っている。

一見、わかりやすい事件ではあった。被害者のそばに加害者がいて、自分がやったと自供しているのだ。身柄も押さえてある。後は夫婦に話を聞くだけだ。事情聴取の中心は、動機と事件の経緯ということになるだろう。それにしてもこれほど執拗《しつよう》にゴルフクラブを打ち下ろすとは。相当に強い殺意が窺《うかが》える。この家族に何が起きたのだろう。

「このゴルフクラブで殴ったということですか？」

臨場した時、それだけは訊《き》いた。

「そうだ」

久雄はしごく落ち着いた声で答えたものだ。

「これはどこにありましたか？」

「玄関に一本だけ置いてある。防犯のために。脚が不自由になる前は、ゴルフをやっていたもんで」

「玄関に？　ではこの部屋にはなかったのですね？」

そこは現場で確認しておきたかった。

「ああ」

そこまで聞いて、玄関まで久雄を連れていき、ゴルフクラブがどこにあったか確認した。それは上がり框《かまち》と靴箱との間の狭い隙間に立てかけてあったということだった。睦美にも確認したが、間違いないと言う。車椅子に座っていても、手が届く距離ではあった。

「ここで殴りつけたんですか？」

玄関のフローリングにも血が点々と落ちていた。

「息子とは玄関で言い争いになった。それで思わずそこにあったゴルフクラブをつかんだ」

睦美がすすり泣く声が大きくなった。久雄は、妻の手を優しくポンポンと叩《たた》いて落ち着かせようとした。睦美は家の奥にいて、初めは凶行には気づかなかったのだという。異様な物音に、様子を見にきて惨事に気がついたのだと、やっとのことでそれだけは話した。

「車椅子のあなたがどうやって息子さんの頭部を？」

「賢一はここに腰かけて靴を履こうとしていたんだ。それで頭は低い位置にあった」

一撃をくらった賢一は、応接室に逃げ込んだ。だが、ふらついてソファに倒れ込んだ。そこを何度か打ちのめしたのだと久雄は供述した。バリアフリーにした家の中では、久雄は自分で車椅子を操ることができた。

「なるほど」

納得できる説明ではあった。久雄は感情を昂《たかぶ》らせることなく、淡々と語っていた。そこにやや引っ掛かりを覚えた。体の不自由な老人が、壮年の息子を殺したのだ。相当の力を使っただろうに、疲れ切った様子もない。

「手を見せてください」

昇司は久雄に両手のひらを広げさせた。グリップを力の限り握りしめたような赤みは見られなかった。だが、それも時間の経過によって消えてしまったのかもしれない。この凶行が行われたのは、どれくらい前なのだろう。

連行される時も、久雄は冷静だった。悲痛な顔をして、泣き続けているのは睦美の方だった。なかなか手を放さなかった車椅子のハンドルを捜査員に奪われると、よろめいて倒れそうになった。別の捜査員が手を貸して、ようやくパトカーに乗り込んだのだった。

血をたっぷり吸い込んだソファを見ながら、昇司はそこまでの記憶をさらえた。

「署に戻ろう」

「はい」

酒井はほっとしたように肩の力を抜いた。

昇司は外で待機していた警察官に現場保存を命じて、警察車両に乗り込んだ。運転席に素早く酒井が乗り込んでハンドルを握った。

門を出ていく時、白い花をつけた木の横を通った。スズランのようなつぼ形の花が房状にたくさん咲いていた。


「馬酔木《あせび》よ、あの花」

「何？」

「アセビ。馬が酔う木と書くの」

「へえ」

妻の志奈子《しなこ》がコーヒーを淹《い》れながら、教えてくれた。

彼女は「フラワーショップ　橘《たちばな》」という花屋を経営している。だから、花のことには詳しい。町内で起きた殺人事件のことは、今朝のニュースでもトップで流れた。昨晩、昇司が帰って来たのは深夜だった。朝が早い志奈子はもう眠っていた。だから、奥村家のことを話題にしたのは、朝になってからだった。

先に起きた志奈子は、早朝のニュースを目にしていた。

「昇司さんが担当なの？」

「うん」

捜査のことは、夫婦でも詳しく話すわけにはいかない。だから、警察が発表したことを伝えるニュースの内容以上のことを、彼女も訊いてはこなかった。

朝食を終えた昇司は、新聞を広げた。新聞でも奥村家で起こった悲劇のことが報じられていたが、概要のみという印象だ。すなわち、奥村久雄は、妻と四十一歳になる息子賢一との三人暮らしだったということ。何らかの原因で口論になって久雄が息子を殺害してしまったということ。

チャンネルを変えると、ワイドショーが始まっていた。そちらの方は、やや詳しい情報を流した。賢一は現在は無職で、家でぶらぶらしていたようだ。そうした生活を咎《とが》めた久雄と口論になり、久雄はかっとなってゴルフクラブで息子を殴って殺したということ。

「奥さん、どうしてるかしら」

ぽつりと志奈子が言った。

「奥さんを知ってるんだ」

「うん、たまにね、お花を買いにきてくれてた。でも最近は見かけなくなったな」

家も知っていた。すぐ近くにお得意さんがあって、花を配達する時にしょっちゅう前を通るのだと言った。

「そうか。昨日は遅くまで事情聴取をしてね。奥さんは妹さんの家に身を寄せたみたいだ」

「そう。それならよかった」

睦美は憔悴《しょうすい》の極みで、倒れるように寝込んでしまったらしいということは、言わずにおいた。いずれ自宅への立ち入りは許されるだろうが、あの豪邸には、帰る気がしないだろう。

「献身的に旦那さんの世話をされてたのよ、奥さん。でも息子さんのことは知らなかった」

テレビ画面に目をやりながら、志奈子は言う。その横顔を、昇司は眺めた。二年前、志奈子と結婚できたことは幸運だったと思う。お互い五十歳を過ぎての熟年婚だった。警察官になって警部補まで出世した昇司だったが、仕事一筋できたせいで、私生活などなきに等しかった。周囲も彼はもう一生独身だろうと決めつけていた。

「一気に花開いたわけだ」

「遅まきの満開だな」

同僚たちには、そうひやかされた。結婚した相手が生花店の経営者だということを聞いて、無骨な昇司とのギャップをからかう者もいた。「フラワーショップ橘」は、彼女が亡き両親から引き継いだもので、住居の一階が店舗になっている。ここに移り住んだ昇司は、いつも花の香りを嗅ぐようになった。今まで花などに気を留《と》めることもなかったが、花に囲まれる生活はいいものだなどと思う。そんなことを考える自分は、随分変わったとも思う。

「子どもを手に掛けるなんて、よっぽどのことだったんでしょうね」

食器を手早く片付けながら、志奈子は言った。

「そうだね」

「なんだか切ないね」

それから志奈子は、花卉《かき》市場へ花の仕入れのために出かけていった。

妻を見送った昇司は、ゆっくりとコーヒーを啜《すす》った。カップから立ち昇る湯気が、鼻腔《びこう》をくすぐる。

「あいつがああなったのは、私のせいなんだ」

取り調べで、そう久雄は言った。

会社勤めだった賢一が、事業を始めたいというので資金を出してやった。外車を中心とした高級車のレンタル業だという。まだ彼が三十歳そこその頃だった。ひと頃は事業はうまくいって羽振りがよかった。ブランドもので身をかため、外車を乗り回していた。そうした生活ぶりは、まさに成功した起業家だった。結婚もした。子どももできた。

しかし放漫経営がたたって、事業は失敗。大きな負債を抱え込んだ。それも久雄が尻拭いした。

「一人息子だったからな。あいつには甘かったんだ。私も妻も」

その後も賢一は、次々と新規事業に手を出しては失敗した。会社勤めに戻って堅実に生きようとは思わなかった。彼の頭の中は、派手に生活していた時のことだけで占められていた。もう一度、周囲も羨むような贅沢《ぜいたく》な生活がしたい。タワーマンションに住み、以前所有していたような外車に乗ってオフィスビルにある会社に出勤する。妻を着飾らせ、週に何度かは家族で有名なレストランに行って食事をする。絵に描いたようなスタイリッシュな生活だ。

だが現実はそんなにうまくいかない。新しい事業を始めては行き詰まる。そんなことの繰り返しだった。賢一は、資産家である親の懐を当てにしていたのだ。久雄も説教をしたり、これでおしまいだと釘《くぎ》を刺したりしつつも、結局は息子の要求に応えていた。家庭を持った賢一を突き放せなかった。

そうこうするうちに、彼の素人経営者ぶりを見抜いた輩《やから》が持ち込んだ投資話を真に受け、大金をつぎ込んだ。約束されていた配当金は一円も入らず、騙《だま》されたと知った賢一は荒れた。家には生活費を入れないくせに、毎晩飲み歩いて暴力沙汰を起こした。警察の世話になったこともある。またしても、賢一は安易に久雄に助けを求めた。

ところがその頃、久雄は交通事故に遭って、脊髄を損傷した。三か月入院してリハビリに励んだが、車椅子生活を余儀なくされた。親が大変な目に遭っているのに、賢一は自分のことしか考えていなかった。病院に来ても、金のことばかり言う息子に睦美は心底失望したと、後で久雄に語ったらしい。

親の援助が受けられないと知ると、賢一はさらに荒れたようだ。生活は困窮し、文句を言う妻に暴力を振るった。挙句、当時経営していた会社は倒産。妻子も賢一の許を去った。

「それから賢一はしばらく実家には寄り付かなかった。こっちもそれどころじゃなかったから、連絡を取らなかった」

それがひょっこりと帰ってきたのだそうだ。一年半前のことだ。久雄も車椅子の生活にすっかり慣れていた。それでも睦美のサポートがなければ、一日たりとも暮らせなかった。息子につぎ込んでかなりの資産を減らしたが、家もあるし、老夫婦二人が暮らしていくには充分なものが残っていた。

戻って来た息子を、またしても夫婦は突き放せなかった。

家に引きこもり、酒ばかり飲んでいる息子に、久雄はちゃんと就職して人生をやり直すよう説いた。すると賢一はふらふらと外を出歩きながら、仕事を探すようになった。しかし彼が望む仕事は、労力を使わずして安易に大きな報酬を得るというものだった。

そんな虫のいい仕事がその辺に転がっているはずがない。主に夜の街で飲み歩きながら、夢のような話をする賢一には、よからぬ輩がすり寄ってきて、現実離れした儲《もう》け話を吹き込む。それに乗ろうとする息子を、車椅子生活になった久雄はいちいち諭したのだった。すると賢一は心を改めるどころか、激しく反発した。

それまでに飲み代を含む生活費は、久雄が出してやっていたのだが、それ以上のものを要求するようになった。拒むと暴力を振るう。最初の標的は睦美だった。さすがに車椅子に乗った父親に手を上げることは憚《はばか》られたのか、母親に甘えをぶつけるという意味なのか。

父親に叱られると母親に文句を言い、睦美が久雄に同調すると、手を上げた。

「さっさと酒を買って来い」

母親を殴っては、そんなことを言うようになった。この半年は、外に出るということもなく、家でネットゲームに没頭し、ろくに食事もとらずアルコールに依存する日々だった。しらふでいる時間の方が少なく、彼の健康を心配して忠告する睦美を殴って憂さを晴らすということを続けていた。

とうとう息子を見限った久雄は、家を出ていくように命じた。するとそんな父親にも怒りの矛先を向けた。とうとう久雄にも暴力を振るうようになったという。車椅子で無抵抗な父親に殴りかかり、車椅子ごと蹴り倒した。睦美が泣いて止めるのを、突き飛ばす。そのまま倒れ込んだ父親を足蹴にした。年老いた夫婦が穏やかに暮らしていた奥村家は、修羅場と化した。

だが、そんなあり様は外には知られなかった。睦美が久雄のすべての介護を引き受けていたから、福祉の手は入っていなかった。閉ざされた家庭で起こった悲劇だった。

事件当日、賢一はまとまった金を要求してきた。どこかに借金を作っているようだった。睦美は、久雄に内緒でその金を与えた。出かけようとしたところを、久雄が呼び止め、金のことが知れた。激しい言い争いになった。振り切って出ていきそうな息子を見て、久雄は立てかけてあったゴルフクラブを手に取った。それで殴りつけることには、不思議なほど躊躇《ちゅうちょ》はなかったと彼は言った。

「あんな情けない男を作り上げたのは私だ。だから親である私が始末しようと決めた。よそ様に迷惑がかからないうちに」

別室で事情聴取を受けた睦美も、同じ経緯を捜査員に伝えた。特に齟齬《そご》はなかった。賢一のポケットの財布に、かなりの額の金が入っていたのも確認された。久雄は拘束され、睦美は実妹のところに身を寄せた。

昇司は再度、奥村家を訪れた。

近いうちに、もう一度ここで久雄立ち会いのもと、現場検証が行われる予定だ。黙ったまま事件現場を行ったり来たりする昇司の後ろに、酒井がぴたりとくっついている。

「何でゴルフクラブを使ったのかな」

昇司は玄関に立って呟《つぶや》いた。玄関の上がり框と靴箱の隙間は数センチと狭く、ゴルフクラブを立てかけるにはちょうどいい。だが、車椅子を自分で操って来たであろう久雄の目線で考えると、段差がある場所に近づくのは危険な気がする。出かけようとする息子の背後に近づいた時は、急いでいたはずだ。車椅子のスピードをコントロールしかねて玄関土間に落ちてしまうかもしれない。妻の睦美はその場にはいなかったと供述したわけだから。

「ゴルフクラブが一番手頃だったんじゃないですか。そのう、凶器としては」

酒井がおずおずと言った。

「そうかな。このブロンズ像があるのに?」

玄関の間には、猫脚の優雅なサイドテーブルが置いてあり、その上に三十センチほどの高さのブロンズ像が置かれていた。両手を上に伸ばした少女の像で、車椅子の久雄が咄嗟《とっさ》に手にとるなら、こちらの方が適当なような気がした。

酒井は首を傾《かし》げるだけで、何とも答えなかった。

「ここにあった靴な」昇司は続ける。

御影石を張った玄関土間に賢一のものらしき靴が散乱していた。

「つま先が上がり框の方を向いてた。両方とも」

「はあ」

賢一の靴も鑑識が証拠品として持っていった。その前に撮った写真を鶴井に頼んで見せてもらったのだ。

「靴を履こうとしていた時に、背後から殴りつけられて応接間に逃げ込んだのなら、靴はつま先を出入り口の方に向けてるんじゃないか？」

「そりゃあ、慌てて逃げたんだから、脱ぎ飛ばしてそうなったんじゃないですか？」

「まあ、そうかもしれんな」昇司は素直に認めた。「奥村本人の立ち会いで、現場検証をすればその辺がはっきりするだろうな」

そう言っておいて、また考え込んだ。開け放たれた玄関の引き戸の向こうに、門に続く平らなアプローチが見えた。元は石畳か飛石だったものを、車椅子になった久雄のために造り替えたのかもしれない。門とその内側に立つ馬酔木が見えた。

「それにあのローファーはかなり履きこんだものだった。紐《ひも》靴でもないのに、被害者はわざわざ腰かけて履くかな」

「ああ」酒井は、また首を傾げた。

相棒の鈍い反応に、昇司はもういちいち口にするのはやめた。

鶴井によると、ゴルフクラブからは、久雄の指紋しか検出されなかったそうだ。当然といえば当然だ。長い間、玄関に立てかけてあったものだと久雄は供述した。

「それにしてはきれいだったな」

鶴井は言った。長い間放置されていたのなら、埃《ほこり》がついていそうなものだが、それはなかった。

「奥さんがよっぽどきれい好きなのかもしれんな。こんな防犯用のゴルフクラブもせっせと拭っていたんだ」

意味深な言葉を投げかける。それが鶴井の癖だった。鑑識員としては、事実のみを正確に伝えるのが職務だ。だが、彼らにも見解がある。それを鶴井はさらりと匂わせるのだった。捜査員が受け止めるかどうかは、相手次第というわけだ。

もう一度ざっと現場を見直して、昇司は奥村家を後にした。


花束はいつでも美しいが、特に春の花で作る花束は格別だと昇司は思う。

チューリップ、スイートピー、ラナンキュラス、フリージア。目にも鮮やかな赤、ピンク、黄色の花束。甘い芳香も鼻腔をくすぐる。

誰かのために作られた花束からは、贈る人の優しさと受け取った人の幸せな笑みが伝わってきた。出来上がった花束を目の高さまで持ってきて、じっくりと見ている志奈子は真剣そのものだ。志奈子は親が営む生花店を継ぐべく、専門学校で学んだ。そこではフラワーアレンジメントなどの技術や、生花店経営のノウハウなどを勉強したという。志奈子の人生は花で占められている。

両親が亡くなっても、たった一人でこの「フラワーショップ橘」を地道に営んできた。小さな花屋だが、彼女は決して手を抜かない。季節の旬の花を仕入れ、センスのいい花束を作るので評判なのだ。

ガラス扉の外で、じっと妻の仕草を眺めていると、志奈子が気がついて微笑《ほほえ》んだ。それだけで昇司は幸せな気分になった。しっかりと地に足のついた生活の中で、ほんのちょっとした喜びを見つける。志奈子と結婚して手に入れたものだ。時に殺伐とした事件に関わることのある刑事に、この上もない安らぎをもたらしてくれる。難解な捜査に携わった挙句、持っていきようのない怒りや迷い、疲弊、痛恨に打ちのめされていた独り身の頃にはもう戻れないと、昇司は改めて思った。

「おかえりなさい」

ガラス扉を押し開けて店内に入ると、志奈子が言った。住居部分とつながるドアは、店の奥にあるのだ。

「あ、ショージさん、おかえりなさい。今日は早かったね」

作業台の前で、ライがにこっと笑った。

「ただいま」

ベトナム人のライは、「フラワーショップ橘」でアルバイトをしている。

「あ、ライちゃん。学校が始まる時間でしょ。もうあがって」

「はーい。じゃあ、シッツレイしまーす」

ライはエプロンを外すと、ショルダーバッグを肩にかけ、スツールの上にでんと座った猫のムサシの頭を撫《な》でた。

「じゃあ、行って来るね、ムサシ。また明日」

それから軽い足取りで店を出ていった。彼女は、近くの鍼灸《しんきゅう》柔整《じゅうせい》専門学校の夜間コースへ通っているのだ。日本で経験を積んで、やがてはベトナムに帰って鍼灸院を開くというのが彼女の夢だ。しっかりした将来設計を持っている子だ。

勤勉で、花屋の仕事をよく心得ているので、志奈子は頼りにしている。ムサシもライが知り合いから託されたのを、二つ返事で引き取ってやった。ライもムサシも、彼ら夫婦には大切な存在だ。

「先に上がってて。お店の片づけ、大急ぎでやっちゃうから」

「いいよ。そんなに急がなくて」

昇司は店の奥のドアを開いて、階段を上った。昇司の後ろから、花の甘い香りがついてきた。

奥村家で殺人事件が起こってからもうじき十日だ。久雄は殺人罪で逮捕された。

本人立ち会いの下の現場検証もスムーズに行われた。解剖の結果も、久雄の供述を裏付けるものだった。すなわち、賢一は背後から最初の一撃を受けた。車椅子に座った低い位置からの一撃だから、振り下ろすというよりは、後頭部にクラブのヘッドを必死の思いで打ち込むというものだった。体の不自由な久雄がゴルフクラブを手に取り、車椅子を操りながら、それを振り回す姿が思い起こされた。それでも大きなダメージになっただろう。

賢一は、応接間に逃げ込んだ。ソファに倒れ込んだところを、久雄はさらに殴打した。頭部を三回続けて殴った後、とどめの一発で額まで割れた。だが、解剖医が言うには、とどめを刺す前にもうこと切れていただろうということだった。

そこへ尋常でない物音を聞いた睦美が駆けつける。彼女はどう感じただろうか。夫が息子を殺してしまった場面を見て。事実を受け入れがたかったに違いない。動転しながらも救急車を呼ぼうとしたかもしれない。おそらくそれを久雄が制したのだ。もはや手遅れだと断じた。それから妻を落ち着かせ、自分がいなくなった後のことなどを諄々《じゅんじゅん》と言って聞かせた。

その後、自分で警察に通報したのだった。そのために殺人から通報まで一時間近く経過していた。久雄は「口論の末、かっとなって」と供述したが、これは突発的な出来事のように見えて、かなり前から久雄の心の中にあったことだったのだろうと昇司は思った。久雄は意識していなかったにしても、彼の中では、静かに息子への殺意が高まっていたのではないか。それは憎悪や害意とは別の感情だ。

――あんな情けない男を作り上げたのは私だ。だから親である私が始末しようと決めた。よそ様に迷惑がかからないうちに。

悲しい定めに搦《から》めとられた親子だった気がする。

トントンと、志奈子が階段を上がってくる軽快な足音がした。昇司は陰鬱な思いを振り払った。昔は、いつまでもこんな気持ちを引きずっていたものだ。今はすっと気持ちを切り替えられる。

「すぐご飯の用意するから」

「うん」

志奈子は花屋の仕事をしながら、暇をみて料理の下ごしらえをする。手早いだけでなく、味も絶品だ。キッチンに入ると、てきぱきと動きだした。すぐに目にも嬉《うれ》しい品がテーブルに並ぶ。二人で向かい合って食事をするということは、昇司にとっては何ものにも代えがたいものだ。結婚する前、一人でぼそぼそと口にしていたものは、食べ物とも言えないものだったとさえ思う。

タコとかぶの煮物、アスパラの肉巻き、春キャベツの浅漬けなどの皿を真ん中にして、志奈子と向かい合った。

「いただきます」

「はい、おあがりください」

志奈子はいつもそう言う。彼女の母親が同じように言っていたらしい。会ったことのない母親に感謝した。

「あのね、志乃田屋《しのだや》さんがね」

「誰だって?」

ビールを一口飲んで、浅漬けに手を出した昇司は、顔を上げた。

「志乃田屋さんよ、ほら、ご夫婦と娘さんで旅館をやってる――。玄関やお部屋に活《い》けるお花を注文してくれるの。前に話したじゃない」

「ああ」

あまり記憶にはなかったが、一応頷《うなず》いた。

「奥村さんとことは、道路を挟んだ向かいなんだけど」

「そうなんだ」

「うん。事件の後、警察の人が聴き込みに来たんだって」

「ふうん」

アスパラの肉巻きにかぶりつく。

殺人事件が起こったわけだから、地取りという周辺への聴き込み捜査も行った。捜査会議で昇司もつぶさに耳にしていた。久雄が体を悪くしてからは、近隣との付き合いもなくなり、あまり実のある話はなかったと記憶している。家の敷地が広いので、賢一の怒鳴り声なども外に漏れなかったようだ。

息子らしき人物が出入りしていることには気づいても、特に気に留めてはいなかった。そんなだから、家の中の状況などは、知る由もない。もともとおとなしい睦美は、極力外には出ないようにしていた。最近は痣《あざ》があったり、痩せこけていたようだからなおさらだ。悲惨なあり様を隠し通していたのか。誰かに悩みを打ち明けるということなどもなかったのだろう。

「この間、奥村さんのところに植木屋さんが来てたって」

「植木屋が？」

箸が止まった。

「そう。ご主人が庭を大事にしていてね、木の剪定《せんてい》やら施肥《せひ》、消毒なんかを植木屋さんに任せてあったらしいの。季節ごと、年に四回は必ず来て、律儀に手入れをしているんだって」

生真面目《きまじめ》な植木屋で、春の作業をしに来たようだ。もう家への立ち入りは自由になっているから、それ自体は特に問題はない。しかし事件のことは耳にしているだろうに、志奈子が言うように律儀な人物だ。

昇司は、広い庭に植わっていた立派な木々のことを思い浮かべた。馬酔木の他にも松にイヌマキ、イチイ、モチノキなどがバランスよく配置されていた。最初に見た時、これだけの庭を維持管理するのは大変だろうなと感じたことが思い出された。当然、専門の職人に手入れを頼んでいたのだった。

志奈子は「いずみ緑園《りょくえん》」という名前を挙げた。

「実は私もね、志乃田屋さんにお花を届けた時に、その親方にお花のことを聞いたことがあるの」

トサミズキやハナモモ、ボタンなど、花屋も扱う花木のことを尋ねたという。すると無骨だが、実直そうな植木屋は、丁寧に教えてくれたらしい。奥村家に来る親方は、いつも同じ人だと志乃田屋から聞いていた。きっと久雄がお気に入りの職人を指定していたのだろう。北川《きたがわ》という名前らしい。彼が三人ほどの職人を引き連れてやって来る。それがもう十何年続いていると志乃田屋は言ったらしい。

庭を愛していた久雄とも懇意にしていたようだ。昨今、あれほどの日本庭園を保持する家は少ない。そういうこともあって、植木屋は張り切って手入れをしていたと、その様子を向かいから見ていた志乃田屋は志奈子に教えた。家の前を通りかかった時、縁側で茶菓子を出して談笑する奥村夫婦を門から目撃したこともあるそうだ。

その光景を昇司は頭の中に思い浮かべた。賢一が戻ってきて、家の平穏が損なわれる前まではそんな和やかなひと時もあったのだろう。そう思うと、なおさら今回の悲劇が痛ましく思われた。

「北川さんは無口で頑固な昔気質《かたぎ》の職人さんって感じの人なんだけど、話してみると植木やその手入れ、庭造りなんかにはこだわりを持ってるんだなって思った」

「へえ」

そういう親方と、庭を愛する奥村は心を通わせていたに違いない。

「でね、志乃田屋さんの女将《おかみ》さんが言うには、この前来た時、植木屋さんはあの馬酔木の花穂《かすい》を全部落としちゃったんだって」

「あの白い花を？」

房状になって咲いていた夥《おびただ》しい小さな花を思い浮かべた。

「馬酔木はね、毎年いい花を咲かせるためには花後《はなご》、できるだけ早く花穂を切り取ってやる必要があるの」

「ふうん」

「花後よ」志奈子は強調した。「奥村さんのところの馬酔木はまだ満開だった。どうして今、全部切り落としちゃったんだろうって、女将さんも不思議がってた」

昇司の頭の中を、何かがふっと横切った。その小さな影は違和感となって、彼の中に据わりの悪い思いを残した。


「いずみ緑園」は、郊外にあった。かなり広い敷地を擁していて、畑には形のいい植木もたくさん植わっていた。その奥に作業場兼、事務所のようなものがある。畑で植木の剪定をしている若い職人に問うと、北川は今、出先から帰ってきたところだと言う。彼が指差す方に、砂利《じゃり》敷きの駐車場があり、軽トラックがバックで駐車している様子が見て取れた。

昇司は酒井を引き連れて、ゆっくりと駐車場に近づいていった。道々、「何で植木屋なんですか？」と何度も繰り返していた酒井だったが、昇司が答えないものだから、とうとう黙ってしまった。

ごま塩頭に法被《はっぴ》、地下足袋《たび》姿の、いかにも親方という風貌の初老の男に、二人は寄っていった。

「北川さんですか？」

北川は小さく頷いたきりだ。

「ちょっとお話を聞かせていただけませんか？　奥村さんの事件のことで」

それだけを言って警察手帳を示した。北川はすっと眉間に皺《しわ》を寄せた。そのまま、軽トラックから仕事の道具を下ろす手を休める気配はない。一緒に出掛けていたらしい見習いのような若者の方が、興味を持って昇司と酒井を見ている。北川は彼を小声で叱って、袋詰めされた剪定屑《くず》を下ろすよう命じた。

自らは木製の道具箱を持って、さっさと作業場に向かって歩きだした。昇司はその後を追った。北川はぶすっと押し黙ったままだ。これはかなり手ごわい相手のようだ。

「奥村家であった事件のことはご存じでしたか？」

作業台の上にどさりと道具箱を置いた北川は、「ああ」とだけ答えた。

「一昨日、奥村邸に作業に入られましたね？」

それにも「ああ」としか答えない。背後で酒井が小さくため息をついた。

「それは定期的なものでしょうか。それとも――」

「奥村さんのとこには、年に四回、必ず行くようにしているんだ。そういう請け負い方をしているからな。一昨日辺りがちょうど時期だった」

昇司に背を向けたまま、北川は答えた。

「なるほど」

北川は洗面台まで移動して、手を洗い始めた。その後にもついていく。

「この一年半ほどの間に、奥村さんの家で何か変わった様子に気づかれませんでしたか？　息子さんとのこととか」

「知らんね」

素っ気ないことこの上ない。

「奥村邸には、出入りする人があまりいないようなのですが、あなたは年に四回も行かれているのですから――」

「庭の手入れをしているだけだから、家の中のことはわからんね」

視界の隅に、肩をすくめる酒井の姿が入ってきた。が、昇司は動じない。こうした性格の人物からも話を引き出す術《すべ》は心得ている。

「ちょっと小耳に挟んだのですが、あなたは一昨日、馬酔木の白い花を全部切り取られたそうですね」

北川がいきなり振り返った。不機嫌そのものの顔には「それがどうした」と書いてある。不躾《ぶしつけ》な質問をする刑事を睨《にら》みつけながら、ゆっくりとタオルで手を拭っている。

「素人の知識で申し訳ないのですが、馬酔木は花が終わってから、花穂を切り取るのが定石だとか――」下手《したて》に出ておいて切り込む。「なぜ、まだ咲いている花を切ってしまわれたのでしょう」

日に焼けた北川の表情に、一瞬揺らぎのようなものが現れた。だが、それはすぐに消え去った。

「馬酔木は強い木だが乾燥に弱いんだ。今年は春先、雨が少なかったからな。それでやや衰弱していた。早めに花を落として根回りの土を入れ替えた。それだけだ」

「そういうことは何度もあるのでしょうか」

「馬酔木だけじゃない。他の木でもそうした手入れはする。植木屋は、施主さんの庭の管理を任されているんだからな」

「奥村家のような立派な庭は、今頃はまれでしょう。さぞかしやりがいがあったでしょうね。ご主人とも懇意にされていたのでは？」

「いいや、そんなことはない」

取り付く島もない。言葉の継ぎ穂をなくした昇司が黙ると、「もういいだろ。忙しいんだ」と口の中で呟いて、事務所の方へ歩き去った。


賢一が戻って来て以来、久雄も睦美も人を遠ざけるようになっていた。荒れた家の内情を知られたくなかったのだろう。そこへ年に四回も通って庭木の手入れをしていた植木屋は貴重だ。志乃田屋は、縁側で談笑する家主夫婦と植木職人を見かけたそうだから、かなり親しい関係だったと思われる。庭という共通の話題を挟んで、お互いに心を許していたのではないか。奥村夫婦から息子のことを話すことはないにしても、北川が何か感じていたということはあり得る。

そう思って探りを入れてみたのだが、北川はけんもほろろな対応だった。だが昇司は、そのあまりの頑なさに引っ掛かりを覚えた。

「奥村家へ行ってくれ」

運転席の酒井は、目だけを動かして上司を見た後、「わかりました」と応じた。

睦美はまだ自宅には戻っていない。妹の家で寝込んだままだと聞いた。誰もいなくなった家は、心なしか廃れて見えた。庭もこの間、植木屋が入って手入れをしたばかりというのに、どこか生気がないように映る。車から降りた昇司と酒井は、門のすぐ内側に立つ馬酔木を眺めた。

「本当に花が一つもないな。この前はあんなに咲いていたのに」

「あれほどたくさんの花を摘み取るのは、骨でしょうね」

そう言いつつも、酒井はそれほど庭木には興味がない様子だ。馬酔木の足下の土をかがんで見ている昇司を、ぼさっと立って見下ろしている。

「植木屋の言った通りだ。土は入れ替えてある」

新しい柔らかな土がこんもりと盛られていた。その土の上には、花穂の一つも落ちていない。そこら辺の庭土には、きれいに熊手で掻《か》いた跡がついているから、剪定後、入念に掃除もしたのだろう。剪定屑を残さない北川の几《き》帳面《ちょうめん》な仕事振りが見て取れた。自分の仕事にプライドを持っている職人のなせる業だ。そして奥村の方も彼を信頼して、庭をまるごと任せていたのだろう。

こうやって改めて庭を見ると、二人の関係性が見えてくるような気がした。昇司は、馬酔木の周囲をじっくりと検分した。すぐそばには立派な庭石が配置されている。馬酔木の足下の土から、視線を庭石に転じた時だった。石の模様とは違う丸い点に気がついた。腰を落としてそれに目を近づけた。黒ずんだ直径一センチほどの小さな点だ。

「酒井」

「はい」

「鑑識を呼んでくれ」

「は？」

「いいから、鶴井さんに連絡を入れろ」

「わかりました」


庭石に付着していたのは、血液だった。鑑識が調べた結果、それは賢一のものであると判明した。

昇司の指示で、玄関までのアプローチも調べると、そのそばの土からも微量な血液が検出された。

「迂闊《うかつ》だった。庭に血液が落ちているという想定をしなかった。屋内ばかりを調べていた鑑識のミスだ」

鶴井が唸《うな》った。

「いえ、捜査のミスです。久雄の証言だけを鵜呑《うの》みにして、玄関で凶行が行われたということに疑いを持たなかった」

「えっと——あのう——これってどういうことですかね」

酒井がおずおずと口を挟んだ。

「賢一がゴルフクラブで殴られたのは、庭だったってことだ。あの馬酔木のそばで」

そして一撃を受けた賢一は、玄関に逃げ込んだ。そこで靴を脱ぎ飛ばして応接間まで逃げたのだ。だから彼の靴はつま先が上がり框の方を向いていた。

「庭で？　つまりそれは」

「庭に出ることのできる人物が賢一を殺そうとしたってことだ」

まだ釈然としない様子の酒井を、昇司は急《せ》かした。

「犯人は久雄じゃない。妻の睦美だ。彼女に会いにいこう」

妹宅に駆けつけて、その推測をぶつけた途端、睦美は泣き崩れた。そして息子の賢一をゴルフクラブで殴りつけたのは自分だと自白した。

「このままだと、主人は殺されると思いました。だから、だから私が——」

逃げることも抵抗することもできない父親に襲いかかった息子を見て、睦美は震え上がったという。自分に向けられていた暴力が、体の不自由な夫にも向かうとなれば、どうなるか容易に想像はつく。

我が子だからと耐えていた彼女の気持ちが、ポキンと折れたのだ。

あの日、むしり取るようにして彼女から金を奪った賢一が、外に出ていくところを追いかけた。手には玄関に置いてあったゴルフクラブが握られていた。

「無我夢中でした。門に行くまでに賢一に追いつき、クラブで頭を後ろから殴りつけました」

白い花の咲き誇る馬酔木のそばで。

賢一は血を流しながらも家に逃げ込んだ。応接間のソファに倒れ込んだ息子の頭部を、睦美は数回殴りつけたという。

「終わりにしたかった。こんな生活は――もう地獄でした」

物音を聞きつけて応接間へ来たのは、久雄の方だった。そして、ひと目見るなり、すべてを理解した。同時に妻を庇《かば》うことに決めた。睦美が握りしめていたゴルフクラブを取り上げ、グリップやシャフトをきれいに拭った。そして改めて自分が握り、最後のとどめを打ち下ろした。賢一の額が割れていたのは、そういうわけだった。

ぶるぶる震えて泣《な》き喚《わめ》く妻を落ち着かせ、自分がすべてをやったことにするよう説得したのだ。

「妻に罪を負わせるのは、あまりに忍びなかった。彼女がそこまで思い詰めて息子を手に掛けたのなら、自分が身代わりになろうと決めたんだ」

観念した久雄は、そう証言した。説得に時間を取られ、通報まで一時間が経過してしまった。犯行現場を玄関と偽ったのは、車椅子の久雄は庭まで行くことができないし、立った息子の頭部を殴りつけることができないからだ。そうした口裏合わせの時間も必要だった。

完璧に隠匿できるはずだった。ところが小さな綻《ほころ》びが生じた。事件後、庭の手入れに来た北川が、馬酔木の白い花に血が飛び散っているのを発見する。よく見ると、土にも血液が浸《し》みている。奥村家で何が起こったか知っている北川は、真相を見抜いた。おそらく久雄が妻を庇おうとしたというところまで読んだのだ。

それほど、北川は奥村夫婦のことを深く理解していた。ただのお得意さんという枠に収まらないほど、彼らとつながっていた。だから、花が終わる前なのに、その花穂を全部切り取り、土も入れ替えた。それが彼なりの恩返しだったのか。再び聴取に訪れた昇司には、一徹な職人は、頑なに「知らない」と繰り返すのみだった。

だが、その行為が睦美の自白を引き出し、真相を暴くことになった。馬酔木の白い花は、植木職人よりも能弁に語ったのだった。


志奈子が、小さな花瓶に色とりどりのポピーの花を活けていた。

売れ残ったポピーは茎を短く切り詰めて、ガラスの花瓶に盛り花のように入れられていた。志奈子は花瓶を回しながら、形よく見えるように挿していく。彼女はそうやって、咲いている花は最後まで生かしてやろうと工夫するのだ。

小首を傾げて思案する妻の後ろ姿を、昇司は眺めていた。彼女の足下には、ムサシがまとわりついている。

奥村睦美は息子賢一を殺害した容疑で逮捕された。久雄は捜査機関に虚偽の申告をしたということで、犯人隠避《いんぴ》罪に問われる見通しだ。しかし体の不自由な彼には、情状酌量が適用されて、早いうちに釈放されるのではないかという見方をする者もある。どちらにしても、もう警察捜査の手からは離れてしまったということだ。

久雄は、睦美が逮捕されてしまったことにひどく落胆し、悲観していると伝え聞いた。自分がすべての罪を被って妻を庇おうとしたのに、その努力は水泡に帰したわけだから無理もない。

昇司にしても、後味の悪い思いは拭えない。妻は、息子の理不尽な暴力が夫に及ぶことを阻止しようとして、惨《むご》い行為に及んでしまった。妻のそうした思いを充分過ぎるほど汲《く》み取《と》った夫は、妻の身代わりになろうとした。それだけではない。そんな夫婦の労《いたわ》り合いに気づいた植木職人の北川は、黙って事件の痕跡を消した。

「僕は余計なことをしたのかな……」

決して警察署では口にしないぼやきを、昇司は呟いた。志奈子の前だからこそ出た言葉だ。志奈子はフフフと背中で笑った。

「あなた、以前に言ったわよね。『人の思惑には関係なく真実はそこにあるんだ。だからそれを突き止めなければならない』って」

「それを今言うなよ」

さらに弱音を吐いた。

ガラスの花瓶を窓辺に置いた志奈子は振り返った。

「睦美さんはあなたに真実を暴いてもらって、ほっとしていると思うわ」

ぼんやりとポピーを見ていた昇司は、志奈子の顔に焦点を合わせた。

「このままご主人に罪を肩代わりしてもらって、それで睦美さんは安心して暮らせると思う？　息子を殺してしまったこと、夫にその罪を着せてしまったこと、そんな自責の念に苛《さいな》まれながら生きていくって、どれほど辛《つら》いことか」

妹宅に身を寄せていた睦美に疑念をぶつけた時の彼女の顔を、昇司は思い出した。肩の力を抜き、心底安堵《あんど》した表情を浮かべたのだった。そして問い詰めるまでもなく、自分から罪の告白をした。

「昇司さんのお陰で、あの人はちゃんと罪の償いができるのよ」

「そうだな。そうならいいけど――」

――自分が身代わりになろうと決めたんだ。

久雄の悲痛な声が蘇《よみがえ》ってきた。そこまではなんとか冷静だった。しかし彼は、北川が血で汚れた馬酔木の花を、黙って始末したのではないかという昇司の推察を聞いて、初めて泣いた。心を通わせていた植木職人の気遣いには、平静ではいられなかったのだろう。

「どっちにしても悲しい事件だよな。もし妻が手を下さなかったら、自分がそうしていただろうって、久雄氏は言ったんだ。だから、妻の身代わりになるなんて、どうってことなかったんだって」

志奈子は目を伏せた。

「ねえ、馬酔木の花言葉を知ってる?」

「いや」

「馬酔木の花言葉は、『犠牲』なのよ」

志奈子はそれだけ言うと窓の方を向いて、花瓶に手を伸ばした。そしてポピーの一本をちょっと直した。黄色いポピーは、ふるふると首を振った。

クレイジーキルト

「じゃあ、行って来るね」

自分を奮い立たせるように李緒《りお》は言った。シェルフの上の小さな写真立てに向かって。

ダイニングチェアの上に置いたトートバッグの中身を確かめる。忘れ物はないか。

大丈夫。持っていくべき物はちゃんと入っている。バッグの内ポケットに、ハガキサイズのカードが一枚入っているのに目が留まった。昨日、マンションの郵便受けに入っていたものを、何気なく放り込んだのだった。

それを取り出して、つくづく眺めた。『大森由紀子《おおもりゆきこ》キルト教室　展示会』。

こんなキルト教室には、心当たりがなかった。展示会は、このマンションからすぐ近くのギャラリーで開催されているようだ。今日と明日の二日間だけの展示会。どうしてこれがうちの郵便受けに入っていたのだろう。李緒はちょっと考え込んだ。きっと来場者を呼び込むために、生徒たちがここら辺りの家の郵便受けに手当たり次第に入れて回ったのに違いない。

ダイニングの壁に掛かった時計を見上げる。目的の時間までは間がある。行きがけにちょっと寄ってみてもいいかもしれない。心を落ち着けるために。李緒はマンションを出て、ゆっくりと歩きだした。

ギャラリーは住宅街の中、奥まった場所にあった。三角屋根の平屋建築で、一般住宅と変わりない。

気をつけていないと通り過ぎてしまうほど、ひっそりと立っていた。前庭に丸く刈り込まれたギンモクセイがあるので、余計わかりにくい。アプローチの先の玄関前には、小ぢんまりとした看板が出ていて、ここでキルト展が開かれていることを遠慮深く告げていた。

こんな時間だから、そう来場者はいないだろうと、李緒は気後れしつつ足を踏み入れた。会場は、高い天井のせいで案外広々とした空間だった。結構な人が入っていて、思い思いに作品を見て回っていた。壁や衝立《ついたて》に、品のいいキルト作品が展示されている。

入り口の受付で、芳名帳に名前を書き込んだ。小さなチラシを渡される。キルト教室への勧誘の文章が載っていた。それを持って、李緒は会場の中に入っていった。

小机の上に並べられたコースターや鍋つかみなどの小品から、ベッドカバーやタペストリーなどの大作まで、予想していたよりも大掛かりな展示会だ。今までキルトなどに全く興味がなかった。時間を潰すために立ち寄ったつもりだったのに、じっくりと見入ってしまった。パターンにもいろんな形があるのだとわかった。

アイリッシュチェーンだとか、ミックスT、レモンスターにログキャビン。パイナップル、バタフライなどというパターンもあった。造形をとらえてうまくネーミングしているものだ。

李緒は、ひとつのタペストリーの前で立ち止まった。プレートには『クレイジーキルトのタペストリー』と記してあった。名前の通り、気の向くままにランダムに切り取った端切れをつないだものだ。今まで見てきたものが、端の端まで計算しつくされ、角をぴしっと合わせて縫いつけられた作品ばかりだったので、却《かえ》って目新しい気がした。

本当に残り布で作られたようで、生地の種類まで様々だ。綿素材だけではなく、光沢のあるサテンや洋服の残り切れのような綾織《あやお》り、裏地に利用される化繊、レース、中には着物から取ってきたような縮緬《ちりめん》もある。自由な形を適当につなげただけなのに、魅力的だった。布と布がうまくくっつかなかったのか、刺繡《ししゅう》ステッチでつなげているところも含めて味がある。じっと眺めていると、そばに誰かが来て立った。

「どうですか？　いいでしょう？」

そう話しかけられて「ええ」と答えた。相手は五十年配の落ち着いた感じの女性だ。さっき受付にいた人だとわかった。年相応に目尻に細かい皺《しわ》が寄り、顎《あご》の肉は垂れているけれど、すっと背を伸ばした立ち姿には、どこか凜《りん》としたものがある。

「これはね、生徒さんたちがそれぞれ持ち寄った端切れを、気まぐれにつないだものなの」

そうすると、この人がキルト教室の先生なのだろうか。大森由紀子という名の。

「毎週、毎週少しずつ仕上げていったの。全体像なんて考えもしないで、作品作りで余った布や洋服を解《ほど》いた布を合わせていっただけ」

「そうなんですか。私、てっきり計画的に縫いつけていったものかと――。だって、パッチワークキルトってそうやって作るんでしょ？」

今日は誰かと口をきく気分ではなかったのに、ついそう質問してしまう。女性は柔らかな笑みを浮かべた。

「そうね。普通はきちんと型紙に合わせて布を裁《た》って、縫い合わせていくのよね。色合いや寸法も計算して。でも、クレイジーキルトは、そうじゃないの。不定形の布をパズルのように縫いつけていくの。もともとは、余り布を無駄にしないための工夫として始まったものなんでしょうね」

李緒はもう一度、タペストリーを見上げた。そうやって思いつきで仕上げていったものにしては、統一感があって美しい。それぞれの布が、あるべきところに収まっているような気がした。

「本当は、つながるはずのない断片が隣り合っているって、面白いでしょう？」

女性は同じように作品を見上げて言った。李緒は答えない。女性は、気にすることなく言葉を継ぐ。

「突拍子もないつながりってあるわよね。どうしてそれがそこにあったか。そこで起こったか。世界は偶然の寄り集まりだって、思うことはない？　別の状況も選択肢もあったはずなのに、なぜかその一点へ向かって物事が集まってしまうってことが」

李緒ははっとして、女性を見返した。穏やかな表情でタペストリーを見上げている女性の横顔を。

「でも、そういうのって、結構ありふれたことなのかもしれないわね。相反するもの、つながるべきではないものが隣り合うことは」そして、ゆっくり首《こうべ》を回《めぐ》らせて李緒を見た。「こうして違う種類の布をつなげていっても、色は喧嘩《けんか》しないし、形もしっくり馴染《なじ》む。一種の調和みたいなものが生まれている――」

そこで女性は、また微笑《ほほえ》んだ。

「どうしてだかわかる？」女性の言葉につい釣り込まれて、首を振ってしまう。「ここにいる布たちは、隣り合うものたちを受け入れているからよ。隣り合うものだけじゃない。つながったこの小さなタペストリーの世界の一部になることを受け入れているからなの」

女性の言葉が、李緒の心臓を刺し貫く。

「そうなると、もう偶然じゃない。配色も配置も、計算された必然になる。そうやって物事は起こっていくの。今日、あなたがここに立ち寄ってくれたことも含めて。どうにもならないことにいつまでもとらわれないで、受け入れた時にね。でも決してそれは受け身じゃないのよ。布たちが生き生きと輝く場所を得たってことだと、私は思うの」

青ざめた李緒は踵《きびす》を返して、キルト展の会場を後にした。

祖母の多栄子《たえこ》が、縁側で背中を丸めて座っている。年取った猫のミヤビが、そのそばに寝そべっている。

「ばあちゃん、寒くないの？」

美南《みなみ》がかけた言葉は、祖母の耳には届かなかったようだ。

「ばあちゃん」

多栄子がゆっくりと振り返った。

「そこ、寒くない？　ガラス戸、閉めようか？」

多栄子は孫娘の言葉をじっくり吟味しているみたいに、こっちを向いたきり何も言わない。老けたなあ、と思う。白髪だらけの頭にこけた頬。まだ七十六歳だというのに。春の光の中で、祖母の輪郭が曖昧になる。

「大丈夫」それだけ言って、また庭に向き直る多栄子の背中を、黙って見詰めた。

高校を卒業して、町のブティックで働き始めた美南だが、給料はそうよくない。本当は、友だちのように都心に出て就職したかった。時折会う友だちの口から渋谷だの原宿《はらじゅく》だのという地名が出るたび、羨ましい気持ちになる。親元を離れて、そういった街で自由気ままに一人暮らしをしている彼女らは、東京郊外のこの町に残った美南に同情しているのかもしれない。

だが美南は、多栄子を置いていくことはできなかった。祖母は母に代わって、美南と兄の優斗《ゆうと》を育ててくれたのだ。

母は、美南が三歳の時に離婚した。そして六年後に乳癌《にゅうがん》で亡くなった。多栄子が兄妹《きょうだい》を引き取ってくれた。寡婦だった祖母も大変だったろう。兄の優斗は、中学の時に不良グループに引っ張り込まれた。もともと荒れた学校だった。先輩が後輩を顎で使って犯罪の片棒を担がせたり、締め上げて金を巻き上げたりする構造が、もう出来上がっていた。気の弱い優斗は、先輩たちのいいなりに万引きやパシリをさせられていたのだった。

祖母は兄が犯した罪は、全部自分のせいだと思うような人だった。そんな優斗を、「お母さんが死んで寂しいんだろう」という一言で許し、厳しく叱ることもなかった。祖母の言う通りかもしれないと思う。社会から爪《つま》はじきにされたような集団でも、兄には大事な仲間だったのだ。

祖母に引き取られることになって、遠い町へ越して来ることになった。馴染みのない荒《すさ》んだ中学へ転校して、兄は孤独だった。何か、確かなものにしがみつこうとしたのが、アウトローな仲間だったのだ。幼い美南が祖母にべったりだったから、彼は彼でやっていくしかなかった。

兄は、本当は寂しがり屋で優しい人間なのだ。ただ不器用で愚直なせいで、うまく世渡りができないだけだ。それを一番知っているのは美南だ。こうなった今も美南は確信を持ってそう言える。母の葬儀の間じゅう、ぎゅっと妹の手を握っていた優斗の手の温かさを忘れられない。

知らず知らずのうちに、多栄子は伸ばした右の脛《すね》をさすっている。またあそこが痛むのだろう。ボルトが入ったままの祖母の脛の近くで、ミヤビが寝返りを打った。

またあの日がやって来た。祖母が階段から落ちて、足を骨折した日。たぶん、今日祖母がぼんやりしているのは、そのせいだ。どうしてあの朝、階段を踏み外してしまったのだろうと、気に病んでいることも手に取るようにわかる。

もう三年も前のことなのに、昨日のことのようにありありと思い出す。兄はいなかった。前の晩から帰って来ていなかった。きっと仲間のところに入り浸っていたのだ。もう二十歳も過ぎていたのに、兄は誰かとつるんでいなければ寂しくて仕方がなかったのだ。

だから家にいたのは、美南だけだった。多栄子は頭も打ったらしく、出血もひどかった。美南はすっかり気が動転してしまった。

呻《うめ》き声を上げる祖母を見て、すぐに携帯電話を手に取った。どうして兄に知らせたんだろう。自分で消防に電話して、救急車を呼べば済むことだったのに。冷静に考えると、自分がいかに間違ったことをしたかがわかる。だが、頭の中が真っ白になり、咄嗟《とっさ》にそうしてしまった。今まで何度も何度も思い返しては後悔した。

なぜあの時、「ばあちゃんが死んじゃう！」と叫んでしまったのか。兄にとって、家族を失うことが、どれほど大きなことか知っていたはずなのに。

そのせいで、あんなことになるなんて——。


柱時計が、眠たそうな音で八時を告げた。

「お茶淹《い》れるけど飲む？」

妻の汐里《しおり》が雑誌を置き、老眼鏡をはずしながら言った。

「食後一時間くらいして、ハーブティーを飲むといいんだって」

隆雄《たかお》の答えを聞く前にもう立って、自宅へ続く引き戸を抜けて奥へ入っていった。

自宅を改装してジュエリーのリフォーム工房を始めて、もう十一年になる。駅前の商店街の一画にあるため、商売としてはそこそこ成り立ってはいた。宝石店から独立したのは、自分の腕に自信があったからだ。それと両親が年を取って、介護が必要になったからだった。十一年の間に、両親を看取り、夫婦二人暮らしになった。

奥のキッチンから、汐里がマグカップをふたつ持って戻ってきた。

「これ、クエン酸がたくさん含まれてるから、肉体疲労の回復に効果があるのよ」

ハイビスカス茶が、カップの中で湯気を立てている。鮮やかなルビーのような色に面食らう。一日中、店に座っているだけだから、肉体疲労の心配なんか無用だろう。だが、「ありがとう」と言って受け取った。

いちいち細かいことで角《つの》を突き合わせることの方が面倒だ。それほどお互い年を取ったということか。

「あら」

汐里はクスクス笑いながら、立っていき、日めくりを一枚めくった。近くの酒屋でもらった日めくりだ。

「バタバタしてて、めくるの忘れてた」

隆雄は、四月二十一日と印刷された日めくりをじっくりと眺めた。夫の視線が、そこに留《とど》まったままなのを、汐里は黙って見た。そしてまた雑誌に見入った。いや、見入った振りをした。夫が何を考えているのか、充分すぎるくらい知っているのに、そこには触れないでおく。それが長年夫婦を続けていくコツなのかもしれない。

三年前に隆雄がリフォームを依頼されたダイヤの指輪のことは、忘れようとしても忘れられない。依頼主は、実直で純朴な感じの青年だった。母親の形見の指輪を持ってきた。それを恋人へ贈りたいのだと言った。婚約指輪として。

そういう依頼は滅多にないから、隆雄も張り切った。

汐里も加わって打ち合わせをするうちに、おとなしかった青年は、少しずつ口を開いた。婚約者とは、もうこの近くのマンションで一緒に暮らしていて、五月の彼女の誕生日に、二人で市役所へ出向いて籍を入れるのだと言った。

母親の遺したダイヤの指輪は、立て爪の古いデザインだったから、カジュアルにも使えるようにと、デザイン画を見せたり、描いてみせたりしたものだ。結局、メインのダイヤを囲むように、小粒のダイヤをちりばめたデザインに決まった。

「どんな女の子かしらね。あんないい人の恋人だもの。きっと素敵な娘さんに決まってるわね」

青年が帰っていってから、汐里は言った。そんな妻の言葉にも背中を押されるように、隆雄は腕によりをかけて、指輪のリフォームに励んだのだった。思い描いたような出来になって、青年に連絡を入れた。取りに来る日が四月二十一日になった。彼女も一緒に連れて行きます、と彼は言った。

それを汐里に伝えると、満面に笑みをたたえて喜んだものだ。会いたいと思っていた恋人の顔を見られることを、とても楽しみにしていた。だけど実際は、汐里は女性を見ることはできなかった。

指輪は、一か月以上も経《た》ってから隆雄が一人で女性に届けた。彼女は、恋人からの贈り物を見るなり、玄関先にしゃがみ込んで泣き崩れた。自分たち夫婦が思い描いていた通りの美しい娘が、嗚咽《おえつ》を漏らして泣き続けるのを、隆雄はなす術《すべ》もなく見下ろしていたのだった。

四月二十一日——あの日、青年との約束の時間、差し支えができた。まだ生きていた母が、その日の朝、歯が痛むので歯医者に連れていってくれないかと言った。予約が取れたのは、午前十時だった。それで青年に電話して、十時だった来店の時間を、九時に早めてもらった。なぜ早めてしまったのだろう。午後にずらしてもよかったではないか。それか、汐里から渡してもらうのでもよかったのだ。だが、思いつくままその時間を選んでしまった。

あの日、なぜあの時間を選んだのか。人生は疑問符で溢《あふ》れている。よく考えもせずに選んだことが、人生を根底から変えてしまうことがある。

まさかあんなことになるなんて――。


「おい、圭太《けいた》、スパナを取ってくれ」

車体の下から、油で汚れた手が伸びた。その手に、床に転がっていたスパナを握らせる。

事務所の方で電話が鳴った。慌てて事務所に走っていった。自分の手のひらも汚れている。ツナギの膝に手をこすりつけて受話器を取った。

「はい、笠井《かさい》自動車修理工場です」

「あー、社長いる？」

名乗らないが、いつも車のメンテを頼まれる丸尾《まるお》スポーツの店長だ。社長の飲み友達でもある。

「社長！　電話っす」

車体の下から台車ごと、笠井が出てきた。

「くそ、オイルが漏れてやがる」

顔をツナギの袖で拭いながら、社長は事務所に入っていった。圭太は工場の外に出て、道路端の自動販売機で缶コーヒーを買った。そのまま自動販売機にもたれかかってプルタブを引いた。ぐびりと一口コーヒーを飲む。

工場の鉄扉の横に、二階に上がる金属製の階段がある。もう今は誰も上り下りしないから、赤錆《あかさび》が浮いている。ここの二階には、社長の息子である笠井耕太郎《こうたろう》が住んでいた。今はよそで暮らしている。

社長はあまり耕太郎の話をしない。どうせろくでもない暮らしをしているのだろう。

圭太より三歳年上の耕太郎は、イカレた奴《やつ》だった。ガタイはいいし、根性は最高にねじ曲がっているし、地元では結構知られていた。二十歳を過ぎてもプータローで、ここの二階で仲間を集めてゲームをやったり酒盛りをしたりしていた。社長が住む母屋から離れた場所は、遊び仲間の恰好《かっこう》のたまり場になっていた。

耕太郎に呼びつけられて、飛んで来る年下の者もいた。中学時代に幅をきかせていた、そのままの関係性がずっと続いていたのだ。荒れきった中学では、先輩が後輩からカンパという名目で金を巻き上げていて、いつまでもまともな社会人になれない耕太郎の周辺では、その馴《な》れ合いが続いていた。

三年前のことがなければ、耕太郎はまだここに住み続けていて、クズみたいな連中が連日やって来ては騒いでいたに違いない。たまにあの時の連中と、町中で出くわすことがある。どよんと淀《よど》んだ目つきで睨《にら》んでくるけど、どうってことはない。あいつらだってわかっているんだ。もうあんな子供っぽい時代は終わったってことを。時には、タトゥーを彫り込んだ腕で、平和に赤ん坊を抱いている奴もいて、笑ってしまう。

事務所から、社長の割れ鐘のような笑い声が響いてきた。

「そんじゃあ、明日の晩にすっか？　え？　明日何日だっけ？　二十二日か。水曜日だろ？　なら大丈夫だ。予定、何も入ってない」

缶コーヒーをもう一口。今日は四月二十一日だということに気がついた。

優斗、今年も行くんだろうな。あの現場に花を手向《たむ》けに。

川村《かわむら》優斗と圭太は同い年だった。彼は中学一年生の時に転校してきた。なんでも親が死んで、母方の祖母に引き取られたとかいう事情だったと思う。

優斗は転校当初から不安げで、口数も少なかった。おまけに体格も貧弱だった。あの中学では、そういう奴は虐《いじ》められるか、グループの一番の格下に組み入れられるかだ。で、奴は後者になった。自分の身を守るためにはそれが賢明な選択だったのだろう。特に面白くもなさそうに、不良グループの後ろにくっついているような感じだった。

圭太は、ああいう連中とはうまく距離を置いていた。兄が二人いたから、そのへんの要領はよくわかっていた。中学でワルのグループに組み込まれると、地元にいる限り、そのヒエラルキーから抜けられないと知っていた。

でも優斗とはなぜか気が合った。好きなアニメのキャラが一緒だったとか、そういう些細《ささい》なことで口をきくようになった。優斗は絵がうまかった。高校を出て、職を転々とした後、地元の看板屋に就職した。あれは優斗に合った仕事だったと思う。圭太が整備士学校を卒業して、笠井自動車修理工場に入って、二年目くらいの時だった。

ちゃんとした職についたのに、気の弱い優斗は、耕太郎をリーダーとする地元のアウトローなグループから抜けられないでいた。グループと言ったってたいしたことはない。二十五歳にもなった耕太郎が、十代から二十代前半までの奴らを集めて、リーダーぶって悦《い》に入っているだけだった。自分が社会から落ちこぼれていることに、漠然とは気がついているはずなのに、精いっぱい虚勢を張っていた。

優斗は、しだいに仕事が面白くなったり、忙しくなったりで、ああいうグループと一緒にいる時間は少なくなっていた。それで抜けられればよかったのだろうが、そううまくはいかなかった。きっと耕太郎の虫の居所が悪かったのだろう。抜けたければ、三十万円持ってこいと言われたらしい。圭太もそういう事情は後で知ったのだけれど。

優斗はクソ真面目《まじめ》にその金を持ってきた。初めて作った銀行カードのローンで借りたのだ。まったくどこまで律儀な奴なんだろう。それが三年前の四月二十日のことだ。修理工場が閉まった夜にやって来て、耕太郎に渡そうとしたけれど、意地の悪い耕太郎は、他の仲間とずっとゲームをやっていて、「そこで待ってろ」と言ったきり、優斗のことを無視していたと、その場にいた連中の一人から聞いた。一晩中、ゲームをやる遊び仲間の横で正座させられていたのだと。

金さえ渡せばグループから抜けられると一途に思い込んでいた優斗は、じっと我慢して朝まで待った。圭太が修理工場へ出勤して来るのは、午前八時だ。社長はまだ家の中だ。一人でシャッターを開け、道具を整えて、前の日にやりかけていた仕事の続きをやるのが、いつもの朝の風景だ。

でもあの日は違った。三年前の四月二十一日の朝は——。

二階に優斗が来ているのは知らなかった。突然、彼が大急ぎで階段を駆け下りて来るまで。

圭太の顔を見るなり、「車、貸してくれ！」と怒鳴った。相当慌てている様子だった。

「どうした？」と尋ねたら、「ばあちゃんが大けがをして、死にそうなんだ」と答えた。妹から連絡がきたらしい。

それで圭太は、修理工場の車を貸してやった。持ち主から廃車にしてくれと頼まれた古いクラウン。車高を落としてマフラーをぶっとくしたやつ。持ち主の息子が、改造して乗り回していたようだ。まだ車検期間が残っていたから、譲り受けて社長や圭太が用事のある時に使っていた。そのキイを事務所から持ってきて、優斗に渡した。

「ありがとう」と言う声が震えていた。

ことが起こった後、ローカル局がここにも取材にきた。下調べをしてきたらしく、社長に話を通さず、直接工場の二階に上がってしまった。そこでの耕太郎の対応は最悪だった。だらしない恰好で出てきて、相手を汚い言葉で罵《ののし》った。しまいには、カメラマンを突き飛ばした。それまでも、加害者の優斗の立場は悪かったのだが、耕太郎が優斗の遊び仲間として出たことで、優斗は、とんでもない極悪人になってしまった。

後追いの取材が殺到して、耕太郎はもう二階に住むことはできなくなって、よそに移っていった。奴がいなくなったので、遊びのグループは自然消滅した。

「お前が車なんか貸すからだ」と社長は自分の息子のことは棚に上げて圭太を叱った。

それはそうだと納得はしている。何べんも悔やんだことだ。でも、あの時は優斗を助けてやったつもりでいたのだ。

あんなことになるなんて、思いもしなかったから。

施設の庭に面したロビーで、マサ江《え》はソファに座っていた。孫娘がプレゼントしてくれた花模様の杖《つえ》が傍らに立てかけてある。ここまで連れてきてくれた介護職員は、今日はマンドリン演奏の慰問がありますからね、と言い置いて行ってしまった。時間になったらレクリエーション室までお連れしますからと、背後でも誰かが入居者に伝えている。

まだこの老人ホームに入って間がないマサ江には、親しく口をきく相手もいない。娘夫婦や孫たちが、今までに二、三度訪ねて来てくれた。彼らに迷惑をかけるわけにはいかないからと、自分で進んでここへ来たのに、この決断は正しかったのかどうか、まだ迷っている。

他人に頼ることになると、どんどん自分でやれることが減っていく気がする。一人暮らしをしていた時は、自炊して部屋の掃除もして、たまにパウンドケーキを焼いてお隣さんにおすそ分けすることもしていた。隣の柚木《ゆうき》さんとは年も近く、同じ一人暮らしということで仲が良かった。だが、去年、心臓疾患で突然亡くなってしまった。あの出来事が施設へ入る決心を促したのかもしれない。ちょっとしたおしゃべりや一緒の外出が、生活のリズムになっていたのだ。

地区のふれあいセンターへもよく二人で出かけたものだ。地域の住人向けにいろんな教室があって楽しかった。柚木さんが、パソコンを一緒に習おうと言ってきた時はびっくりした。

「パソコンでね、自分史を書いてみたいのよ」

そんなことを言っていた。もう四年も前のことだ。誘われて習いに行き、パソコンも買ったけれど、マサ江はたいしてそれを使わなかった。柚木さんも自分史を書き上げたようには思えない。パソコン教室には一年間通って、基本の操作はできるようになったのに、フル活用には至らなかった。

「もったいないですよぅ。ちゃんと使ってくださいよ」

パソコン教室の女の先生が聞いたら、そんなことを言いそうだ。

でも——あの恩田《おんだ》先生は、もうパソコン教室の講師をやめてしまった。マサ江の孫といってもいいくらいの年齢だったけれど、親しくなって、家に呼んでお茶会をするくらいの間柄になっていたのに。この三年というもの、パソコンにはろくに触っていなかった。だから、ここに入居する時に思い切って処分した。

「今日は何曜日？」

「火曜日ですよ」

毎日同じことを尋ねる認知症の老人が、職員に問うている。

「じゃあ、今日は何日？」

「今日は四月二十一日ですよ」

憤慨することもなく、毎日優しく答える職員には頭が下がる。食堂の方から、コーヒーの匂いが漂ってきた。誰でもが淹れて飲めるように、食堂にはコーヒーやお茶のセットが置いてある。行きつけだったリラという喫茶店で、美味《おい》しいコーヒーが飲みたいとふと思った。

庭に風が吹いてきて、たくさん植えられたバラが揺れた。まだつぼみが多い。連休明けにはいっせいに咲き揃《そろ》い、かぐわしい香りを漂わせてくれるだろう。空き家になってしまった自宅の庭にも、大きなつるバラがあった。カクテルという品種で、亡くなった夫が苗を買ってきて植えたものだ。真っ赤な一重咲きのバラだった。早咲きで、今頃はもう満開になっているはずだ。

あれが咲くのを、毎年楽しみにしていたけれど、この三年間は、カクテルが咲き誇るのが辛《つら》かった。花に罪はないとわかっているけれど。

懇意になった恩田先生は、ふれあいセンターの近くに恋人と住んでいるのだと言った。柚木さんとマサ江は、お相手のことを尋ねたものだ。照れながら話してくれた恋人は、明るくて純真な恩田先生にお似合いの好青年のようだった。パソコン教室の基礎講習が終わる一年が経った頃、二人は結婚することになった。式は挙げないけれど、恋人からは、お母さんの形見のダイヤの指輪を作り替えた婚約指輪をもらうのだと言っていた。

それを二人でリフォームの工房へ取りに行くと聞いた。そういう報告をしてくれる彼女は、幸福感で輝いていた。マサ江も心が浮き立った。改めてお祝いなんかを贈ると気を使うだろうから、バラを摘んで、花束にして渡すことにした。リフォーム工房に行く前に、二人でうちへ寄ってとお願いした。少し遠回りになってしまうのだけれど、恩田先生は喜んで伺いますと言ってくれた。

まだ朝露の載ったバラを摘んで、丁寧に花束を仕上げた。リフォーム屋さんの都合で受け取りが一時間早まったので、ちょっと焦ったけれど、約束の時間までには仕上がった。白いサテンのリボンを付けて、柚木さんと二人でわくわくしながら庭で待った。

いつまで待っても恩田先生と恋人は現れなかった。

どうして花束を渡すことを思いついたりしたのだろう。恩田先生のマンションから直接リフォーム工房へ行っていればあんなことにはならなかったのだ。でも誰が予想しただろう。あんな恐ろしいことが起こるなんて。


橋の上で李緒は立ち止まった。薄手のパーカのフードをそっと被る。そして欄干に寄りかかって、はるか下の川の流れに目をやった。広い川幅に、ゆったりとした流れ。山奥で生まれた一滴一滴が、こうして流れ下ってゆく。今、この橋の下をくぐり抜け、海へと向かい、もう二度と戻ってくることはないのだ。その不思議を思う。渓流で跳ね、飛沫《しぶき》を光らせ、奔流となって川底を抉《えぐ》り、どこかで別の流れと合流し、長い旅を終えようとしている初めの一滴は、そんなあり様を不思議とも思っていないだろうが。

どうして今、そんなことを考えるのか。いつも目にしている川の流れなのに。

――世界は偶然の寄り集まりだって、思うことはない？　別の状況も選択肢もあったはずなのに、なぜかその一点へ向かって物事が集まってしまうってことが。

さっきキルト展で聞いた大森由紀子の言葉が蘇《よみがえ》ってきた。

――つながったこの小さなタペストリーの世界の一部になることを受け入れているからなの。

欄干をぎゅっとつかむ。

受け入れる？　それができたらどんなに楽だったろう。この三年間。

李緒は顔を上げた。橋の向こうから、若い男がゆっくりと歩いてくる。近づくにつれ、男が腕に抱えた花束が見えた。白いバラの花束。毎年同じだ。そんなものが何になるというの？　そう言って叩き落としたい気持ちをぐっとこらえた。

男はどんどん近づいてくる。目を伏せているので、李緒には気がつかない。李緒はパーカのフードを深く被り直し、熱心に川を眺めているふりをした。あと五メートル。トートバッグに手を入れて、ナイフの柄を強く握りしめた。

あと三メートル。引きずるような重い足音が聞こえる。ナイフを取り出して、胸に引きつけた。男がすぐ後ろを通る。小刻みに手が震える。さあ、やりなさい。自分に声を掛けた。そしたら、何もかもが終わる。思いを遂げられる。

――そうなると、もう偶然じゃない。配色も配置も、計算された必然になる。

――どうにもならないことにいつまでもとらわれないで、受け入れた時にね。

うなだれた男は、李緒の後ろを通り過ぎていく。一歩、二歩と遠ざかる。

どうしても振り向けない。指が白くなるほど強くナイフを握りしめているのに。花束を抱きしめた男は、橋を渡り切ってしまう。

食いしばった李緒の口から、呻き声が漏れた。涙が頬を伝い、強い風が吹き飛ばす。欄干に全身を預けて泣いた。背後を何台もの車が通り過ぎた。

李緒は手にしたナイフを、川に投げ落とした。水面に小さな波紋が広がった。あまりに遠くて水音は聞こえなかった。

あの日、パソコン教室の生徒だった三浦《みうら》マサ江はどんな花束をくれようとしたのだろう。今まで考えたこともなかったのに、そんなことを考えた。長い間、李緒は橋の上に立っていた。涙を全部風に持っていかれるまで。顔を上げた時、何かが吹っ切れた気がした。

――でも決してそれは受け身じゃないのよ。布たちが生き生きと輝く場所を得たってことだと、私は思うの。

河口付近が、明るく照り輝いていた。

本当は、つながるはずのない断片が隣り合っているクレイジーキルト。

小さな布の世界に、真理はある。李緒は顔を上げ、ゆっくりと橋を渡った。


カランとドアのベルが鳴った。入って来たのは、常連の魚屋の大将だ。軽く頷《うなず》いて、新聞を手にいつもの席に座る。朝の仕入れを終え、店に魚を並べて一段落したらやって来る。和徳《かずのり》は、モーニングセットの用意を始めた。サイフォンをセットして、アルコールランプに火を点《つ》ける。お湯が沸いてロートへと上がっていく間に、厚切りトーストとサラダを用意する。フラスコへコーヒーが落ちてくる間にすべては終わっている。

大将のところにモーニングセットを運んでしまうと、後は手持ち無沙汰だ。

和徳がリラという名の喫茶店を始めてもう三十年近くになる。コーヒー好きが高じて、というと聞こえはいいが、サラリーマンが性に合わなかったのだ。黙ってそれを許してくれた妻の悦子《えつこ》は、六年前に癌で亡くなってしまった。今年、七回忌を終えた。以来、一人でリラを切り盛りしている。

よくできたもので、悦子が死んだ頃から客足は鈍った。この町にも全国チェーンのコーヒー店が進出してきたことや、若者の喫茶店離れなど、要因は様々だ。朝の七時に開店して、モーニングの客に備えているが、たいして入らない。それでも三十年続けた習慣で、今もこうして朝早くから店を開けている。やって来るのは、近所の常連さんばかりになってしまった。しかし今さら焦ることはない。このまま、やれるところまでやろうと決めている。

和徳は、カウンターの背後の掛け時計を見上げた。午前八時を十五分過ぎた。

今年は来ないのだろうか。来ないに越したことはないのだが、気になってしょうがない。通りを挟んだ向かい側の骨董店。店は開いているのだが、中は暗くてよく見えない。骨董店とは名ばかりのガラクタ屋だ。自分もガラクタみたいな爺《じい》さんが営んでいる。その隣は空き店舗。三年前までは居酒屋だったが、車に突っ込まれてよそに移っていった。

あの事故のことは鮮明に憶《おぼ》えている。スピードを出し過ぎた車が、ここから十メートルほど離れた交差点で接触事故を起こした。右折しようと交差点の真ん中で斜めに停《と》まっていた軽自動車が、すこしだけ頭を突き出し過ぎていたようだ。運転していたのは、高齢の男性だというから仕方のないことかもしれない。とにかく、その反動でハンドルを取られた暴走車が、リラの向かいの店に突っ込んだのだ。

悲劇的だったのは、ちょうど歩道を歩いていた男女のカップルを撥《は》ねたことだ。女性は軽傷で済んだが男性は亡くなった。運転者は若い男性だった。川村優斗という名前がニュースで報じられた。皮肉なことに、彼は無傷だった。ここに店を構えてから、あんな大事故に遭遇するのは初めてだった。だから、後追いのニュースも食い入るようにして見た。ローカル局のひとつが大きく取り上げて取材していた。

運転者は地元の若者で、あまり素行のよくない人物のようだった。なにせ、前の晩は一晩中、仲間とゲームをやっていて、寝不足のまま車を走らせたらしい。車も自分のものではなく、友人に借りたもので、ひどい改造を施されたという代物だった。

ローカル局が、一緒にゲームをしていたという友人を直撃していた。顔は映していなかったが、いかにも社会をドロップアウトした半端者という感じだった。怒りにまかせたような受け答えも最悪で、こんな奴の仲間なら、改造車で暴走したっておかしくないだろうなと思えた。

ひとつだけ、和徳が気がついたことがあった。骨董店の親父《おやじ》は、拾ってきたものなども修理して売り物にしていた。粗大ごみの収集日に指定地域を回って拾い集めるのだと言っていた。それをする時、親父はこれまたどこかで拾ってきたベビーカーを押していくのが習いだった。あの日の朝も、ベビーカーが店の前に置いてあった。和徳がもの凄《すご》い音に驚いて、ガラス越しに前の道路を見た時、暴走車は真っすぐに骨董店めがけて突っ込んでいくところだった。

だが運転者は、店の前のベビーカーを避けるため、ハンドルを切った。それでたまたま通りかかったカップルを撥ねることになってしまった。きっと川村は、あのベビーカーの中に赤ん坊がいると勘違いしたのだろう。それで咄嗟にそういう行動に出た。それはさらに悲劇を生むことになったのだけれど。その事情は、事故処理に来た警察官には伝えた。だが、特に考慮はされなかったようだ。運転していた二十二歳の川村は、過失運転致死傷罪で逮捕された。執行猶予付きの判決が出たのかどうか、その後のことは知らない。

事故直後に飛び出していった和徳は、通行人たちと一緒に車を持ち上げて、下敷きになった男性を助け出す手伝いをしたのだが、だめだった。必死に車を持ち上げようとしていた中に、運転者の川村もいた。気がつきはしたが、その時は夢中で声を掛けることもなかった。被害者の女性が、悲痛な声で男性に呼びかけていたのはよく憶えている。

到着した救急隊員が、男性の脈を取り、「心肺停止!」と言うと、女性は短い悲鳴を上げた。それでも気を取り直して救急車に同乗していった。それ以上、和徳にできることはなかった。

骨董店の親父に、もう店の前にベビーカーを置くなと忠告するぐらいが関の山だった。あそこにベビーカーがなければ、川村はハンドルを切ってカップルを撥ねることはなかったのだ。骨董店には突っ込んだかもしれないが、親父はいつも店の奥でテレビを見ているから、たいしたことにはならなかっただろう。今さらそんなことを思っても仕方がないのだが。

それが三年前の四月二十一日のことだ。翌年、そんなことをすっかり忘れていた頃、空き店舗になった元居酒屋前の歩道に、花を手向けに来た若者を見た。あの時の運転者だなと、すぐに思い至った。この一年、どんなふうに過ごしてきたのか知らないが、でも自分が起こした重大事故の被害者のことを忘れずにいて、殊勝にも花を手向けに来たのだ。少しだけ、心が和んだ気がした。

ベビーカーを撥ね飛ばすことを、必死で回避しようとした川村という男の中の、ほんの小さな良心を見たと思った。

しかしその時、和徳は気がついた。リラの店内の、窓際の席に座って、食い入るように川村の行為を見詰めている女性がいることに。はっとした。入って来た時は気づかなかったが、あの事故で恋人を亡くした女性だった。恋人を偲《しの》んで、彼の命日の同時刻に事故現場が見渡せる喫茶店に座っていて、偶然にも加害者がやって来たのを目にしてしまったのだ。女性は大きく目を見開いて、川村が歩道に花束を置き、祈るような仕草をして去っていく一部始終を、じっと見ていた。身じろぎひとつせずに。

それをカウンターの中から眺め、和徳はいたたまれない気持ちになった。加害者にも重い一年だっただろうが、被害者にとっては、身を切られるような過酷な時間だったに違いない。特に愛する人をあっという間に奪われ、地獄に突き落とされたような者にとっては。掛ける言葉も見つからないうちに、女性はふらりと立ち上がって会計をして出ていった。

五日ほどすると、花束の中の白バラは枯れてしまった。誰にも顧みられないバラを、和徳は片付けたのだった。

去年も同じ光景が繰り返された。川村が花束を持ってやって来た。前の年と同じ白バラだけの花束だった。そしてそれを名前も知らない被害者の女性が、リラの店内から見つめるという光景。まだこの近くに住んでいるのだと思った。この人には、新しい人生は開けない。時間が止まったように、この町に縫い留められているのだ。そう思うと、妻の悦子を亡くした時の心情が蘇ってきて辛かった。

去年は、女性の顔をじっくりと観察することができた。そして和徳は心底慄《おのの》いたのだった。燃えるような眼差《まなざ》しで、加害男性を見詰める女性の強張《こわば》った表情。そこには、一年前の驚愕《きょうがく》とは別の感情が見て取れた。

それは——殺意だった。確かにそうだと思えた。憎しみを通り越した殺意。

この人が前に一歩進むために、必要なこと——それは、恋人の命、また自分の人生を台無しにした相手に復讐《ふくしゅう》すること。その決意が厳然と表れた横顔に、和徳は眩暈《めまい》を覚えた。花束を手向けた川村が去り、女性が去っても、しばらくは動くことができなかった。

そして、四年目の今日が巡ってきた。まだ女性は現れない。静かな店内には、魚屋の大将が新聞をめくる音しかしない。通りの向こうに川村の姿が見えた。振り返って時間を確認した。午前八時三十五分。あの事故が起こった時間だ。川村は、腰を折って白バラの花束を事故現場に置いた。首を垂れて手を合わせる。通りかかった人がちょっとだけその姿に目を留めて、歩き去る。

川村がそこにいたのは五分ほどだ。作業着にペンキが付いていた。仕事に行く前なのか。律儀に今年もやって来た。だが、リラの店内には、女性の姿はない。川村が去った後も、とうとう女性は現れなかった。和徳は、ほっと肩の力を抜いた。きっとあの女性は、過去にとらわれ続ける愚かさに気がついたのだろう。そうやって憎しみの感情にがんじがらめになって、相手に復讐することに何の意味もないと。

魚屋の大将が出ていき、客は一人もいなくなった。和徳は、テーブルからカップと皿を下げてきて、流しで丁寧に洗った。歩道にぽつんと置かれた白い花束に目をやる。去年、枯れた花束を片付けに出て行った時のことを思い出した。骨董店の親父が店からふらっと出てきた。

「律儀な奴だな」

親父は呑気《のんき》な物言いをした。加害者の川村が花を手向けに来るのを、この爺さんも店の奥からじっと見ていたのだ。あの死亡事故の原因の一つを自分が作ったということがわかっているのかいないのか。和徳は無視して花束を拾い上げた。

「その花束は、『フラワーショップ橘《たちばな》』って花屋で買ってくるんだよ、あいつ」

道路を渡ろうとした和徳は足を止めた。「フラワーショップ橘」は市内中心部の商店街にある花屋だ。悦子が生きていた時は、よくそこで花を買ってきてカウンターの上に飾っていた。女性店主がアルバイトを雇って経営している花屋で、悦子は懇意になった店主と、店頭で立ち話をして帰るのが常だった。悦子が亡くなってからは、花を飾るということもなくなった。

「本当は、こんなに早い時間にはまだ店は閉まってるんだ。だけど、四月二十一日だけは、あいつが花を買いに来るから開けてやってるみたいだな。あいつが買う白いバラを市場で仕入れてきてさ」

ガラクタを拾い集めるために市内をうろつく爺さんは、いろんな情報も拾い集めているようだ。

「あいつがここに花を供えていることを、知ってるのかどうかはわからんがね」

それだけ言うと、親父は骨董店の中に入っていった。和徳は、道路の向こうにある喫茶店を眺めた。ガラス越しにカウンターが見えた。ひどく殺風景に見える。今度妻が行きつけだった花屋で花を買ってきてもいいなと、ふとそんなことを思った。取り返しのつかない事故を起こした若い男のために早くから店を開けてやっている花屋で。言葉少なに白いバラを買う川村の姿も浮かんできた。

彼はいつまでこれを続けるつもりなのだろう。だがもうこの祈りの儀式を見るために、あの女性が来ることはない。それはいいことなのだと自分に言い聞かせた。

あの女性が恩田李緒という名前だということを知ったのは、数か月前のことだ。リラに時折コーヒーを飲みに来てくれていた顔見知りの老婦人、三浦マサ江から聞いた。彼女が老人ホームに入居することになったとお別れを言いに来てくれたのだ。もうここに来るのは最後だという彼女に、ふとあの交通事故とその後の加害者と被害者の関わりのことをしゃべった。それを誰かに話したのは、初めてだった。それまで和徳の胸にずっと納めていたことだった。

それを聞いたマサ江は、顔をくしゃっと歪《ゆが》め、大粒の涙を流した。あまりの反応に、和徳の方が驚いた。

「その人はね、私の知ってる人なの。恩田李緒さんていうお名前なのよ」

恩田李緒は、マサ江が通っていたパソコン教室の講師だった。事故で亡くなったのは、彼女の婚約者だそうだ。あの朝、出来上がった婚約指輪を二人で受け取りにいくところだったらしい。それを聞いて、胸が締め付けられるような気がした。そんな輝かしい日に、愛する人を失うとは。

「私が悪いの。あの日、先生にうちに寄ってから行ってなんてお願いしたから」

マサ江は、結婚のお祝いに庭に咲いたバラで花束をこしらえて渡すつもりだったのだ。それを受け取るために、別の道を通ったせいで、彼女たちは事故に巻き込まれたのだと自分を責め続けてきたようだ。直前になって受け取り時間が早まったことも、二人の上に悲劇をもたらすことになった。様々な偶然が重なり合って、あの日、あの時間、あの場所に立っていた二人に。

「あなたのせいではありませんよ」

そんな陳腐なことしか言えなかった。

「恩田先生は、パソコン教室の先生を辞めても、この町に住み続けていた。どうしてこんな辛いことが起こったところにいるんだろうって思ってた。でも今日あなたの話を聞いて、その理由がわかったわ。彼女はあの若者を許せないでいるのよ。当然だけど、それは恩田先生にとっても不幸なことよね。新しい人生に踏み出せずにいるんだから」

かわいそうな先生、と言ってマサ江はまた泣いた。きっと自分のことも責めながら。

人の身の上に起こることは、予測できない。ある一点に収斂《しゅうれん》していく運命には、抗いきれない。人知の及ばない何かが作用しているのか。それとも自分の中の何かがそれを引き寄せたのか。いくら考えても答えの出ない永遠の自問と苦悩の日々に、恩田李緒は取り込まれてしまったのだ。

そんなことに拘泥《こうでい》する人生はつまらない。起こってしまったことなど忘れて前を向きなさいと言うことは簡単だ。多くの人がそう助言してきただろうし、本人もわかっているのだ。でもそれができずにいる。李緒が落ち込んだ地獄には、安易に救いの手は差し伸べられない。

でも――と和徳は思った。

今年李緒は現れなかった。それはあの人が、ある答えを出したということなのだ。ひとつところでうずくまっていた彼女が、辛い三年間を経てようやく自分の足で歩き始めたということだと信じたい。射抜くような眼差しで、憎い男を凝視していた恩田李緒。相手を憎むという行為は、長い間、自分自身をも損ねてきたに違いない。

虚《むな》しく寂しい孤独な場所から、あの人は抜け出したのだろう。このことを、マサ江に伝えに行こうと和徳は思った。きっと安堵《あんど》するだろう。李緒に訪れた救いと平安が、マサ江にもきますようにと祈った。

マサ江がここで泣いた日のことを思い浮かべてみる。まだ寒い時期だった。カウンター席で向かい合って、長い間話し込んだのだった。マサ江は、李緒がずっと住み続けているマンションのことや、空家になってしまう自宅のことなども話していた。

あの時も客は少なかった。もしかしたらマサ江だけだったか。いや、違う。カウンターの端に一人、お客が座ってコーヒーを飲んでいた。女性のお客さんで、たまに来店してくれる人だ。ちらりと女性客の方を見たが、特に表情を変えることもなかった。確か彼女はこの近くでパッチワークキルトの教室を持っている人だったと思う。

和徳は、自分のために丁寧にコーヒーを淹れた。お揃いの二つのカップに注ぎ入れる。ひとつは悦子の分だ。カウンターの上に置いたカップから立ち昇る湯気をじっと見つめる。

通りの向こう側の白バラの花束が、優しい風に揺れていた。自分のカップを持ち上げて、もうひとつのカップに軽く当てた。

「乾杯。今日はいいことがあったよ」

小さな声で妻に囁《ささや》いた。

ミカン山の冒険

みさ緒《お》がくるりと振り返ると、透明なガラス瓶を突き出してきた。

「開けてくれない？　蓋が固くて」

「うん」

泰一《たいいち》は、受け取った瓶の蓋を回した。たいして力むこともなく、蓋は開いた。

「ほれ」

「ありがとう。助かったわ。年を取ると力が弱ってだめね」

そんなふうに言われて妻の年を考えた。泰一より二つ下だから、今年五十六か。それほど弱る年ではなかろうとも思う。みさ緒は最近、同じようなことを口にするが、夫婦揃《そろ》ってたいした病気もせずにここまできたのだから、よしとすべきだろう。

みさ緒は、トーストの皿のそばにさっきの瓶を置いた。

「味見してみて」

よく見たらハチミツの瓶だった。ラベルには「ミカン山の冒険」とある。

「なんだ？　これ」

みさ緒はクスッと笑った。

「ミカンの花から採ったハチミツなのよ。しゃれてるでしょ？　この名前」

その他にも「菜の花畑でかくれんぼ」「野の花よりどりみどり」「レンゲ畑の散歩道」「クローバーの迷路」など、ユニークなネーミングのハチミツがあるのだと説明する。

泰一はとろりとした黄金色のハチミツをスプーンですくい、トーストの上に載せた。

「これね、蜜蜂目線でつけた名前なんだって」

サクリとトーストをかじった。まろやかな甘さが口の中に広がる。

「ほら、蜜蜂がかくれんぼしたり散歩したり、冒険したりしながらせっせとハチミツを集める様子が浮かんでくるでしょ」

何とも答えようがなくて、泰一はトーストをもうひとかじりした。

「ね？ ラベルを見たら、何の花の蜜かわかるし」

「まあな」

一応、そう答えておく。香ばしく焼けたパンにハチミツは合うが、それが何の花から採れたかなどは意識したことがなかったし、違いなどわかるはずもない。

「センスがいいのよ、この養蜂家さん。それに何より蜜蜂を愛してるって伝わってくるよね」

みさ緒は、若い頃から夢見がちなことを口にすることが多かった。年を取って弱ったと言いながら、その癖は抜けていない。泰一はラベルに目を凝らした。

「静岡県産になってるな――染川《そめかわ》養蜂園？」

「そう。ここのハチミツが絶対美味《おい》しいからって――」

「誰が？」

「志奈《しな》ちゃん」

「ああ」

それで合点がいった。

横山志奈子《よこやましなこ》は、泰一の同僚である横山昇司《しょうじ》の妻だった。同じ警察署に勤める横山は刑事で、泰一は鑑識課の課長をしている。志奈子は花屋を経営しているので、花好きなみさ緒は、すぐに仲良くなった。数年前のことだ。五十を過ぎるまで独身でむさくるしい男だった横山が、突然結婚するというので驚いた。みさ緒に話すと、志奈子の店である「フラワーショップ橘《たちばな》」では、何回か花を買ったことがあるという。

物怖《ものお》じしないみさ緒は、すぐに「フラワーショップ橘」へ出かけていき、その日のうちに打ち解けて帰ってきたというわけだ。以来、同年代の二人は親密に付き合っている。花屋が休みの日に一緒にランチを食べに行ったり、ショッピングに行ったりしているようだ。

みさ緒もハチミツをたっぷりとトーストに載せ、まんべんなく塗り付けると口に入れた。目を細めて至福の表情を浮かべる。泰一は黙って野菜サラダに箸をつけた。目の前には大きなグラスに一杯の野菜ジュースが置いてある。ケールや小松菜や人参《にんじん》を使って手作りしたものだ。

泰一の健康診断の結果を見たみさ緒は、野菜が多めの献立を心掛けている。ため息は、妻に聞かれないよう小さくついた。

「志奈ちゃん、この染川養蜂園のハチミツにぞっこんでね。とうとう静岡まで会いに行ったんだって。行動力あるでしょ」

「へえ」

「花の種類ごとに採れるハチミツを分別しているところが気に入ったんでしょうね。さすがお花屋さんよね」

このハチミツが志奈子からのお土産《みやげ》というわけだ。今はミカン山に白い花が満開だったそうだ。

「辺りいっぱい甘いお花の香りが立ち込めていたんだって」

泰一は、もしゃもしゃとサラダを咀嚼《そしゃく》した。みさ緒は一人でしゃべり続ける。志奈子が染川養蜂園の経営者と交わした会話の内容だ。蜜蜂の習性や、季節ごとに咲く花を追って飼育箱を移動させるコツ、質のいいハチミツが採れた時の喜び。

志奈子は飼育箱も見せてもらったらしい。そのミカン山では、静岡県の農林技術研究所が作り上げた新品種のミカンを試験的に栽培しているので、さらりとしているがコクのあるハチミツが採れるという。みさ緒は、志奈子から聞いた掛け合わせたミカンの品種も口にするが、さっぱり頭に入ってこない。

夫が生返事しかしていないことを、みさ緒は気にかけもしない。もう慣れっこになっているのだ。寡黙な夫と饒舌《じょうぜつ》な妻で長年釣り合いを取ってきた。

「今年の冬には新品種のミカンが初めて出荷できそうなんだって。どんな味なんでしょうね。蜜蜂はその働きによって、花の受粉にも役立っているのよね。つまり、蜜蜂と花はウィンウィンの関係ってことよ」

口に食べ物を運ぶよりもしゃべっている方が長いので、みさ緒の皿はなかなか減らない。

「おごちそうさん」

野菜ジュースを飲み終えた泰一は、手を合わせてから席を立った。相手がいなくなって、みさ緒もやっと口を閉じ、自分の食事に向かい合う。泰一は出勤の支度を始めた。もう何年も変わらない朝の風景だ。

警察署に出勤すると、早速事件現場に呼び出された。

郊外の一軒家で殺人事件が発生したとのことだった。泰一は急いで警察車両に向かった。部下の鑑識員たちがワゴン車に手早く鑑識の機材を積み込んでいる。

「どこだ？」

後部座席に乗り込んでシートベルトを装着しながら尋ねる。

「朝日町《あさひまち》です」

ハンドルを握った中川《なかがわ》が答えた。逆のドアが開いて泰一の隣に大柄な富岡《とみおか》が座った。途端に座面がぐっと沈み込む。傾いた体を支えようと右手をついた泰一に気がつき、富岡は申し訳なさそうに身を縮めた。助手席にもう一人の鑑識員、小峰《こみね》が乗り込んできたところで、中川は車を出した。もう一台、鑑識員を乗せた車両が後をついてくる。

小峰が事件の状況をかいつまんで報告する。

「マル害はその家に一人で住む四十代の女性だそうです。リビングルームの床の上に倒れていて、胸を鋭利な刃物で一突きされたことが死因のようです」

先に臨場した機捜《きそう》からの報告だろう。発見されたのは一時間ほど前とのことだから、それ以上の情報は得られていない。

「ウチのモンは行ってるんだろ？」

「はい。横山主任と酒井《さかい》さんが」

「了解」

横山の名前を聞いて、朝食時のみさ緒との会話を思い出したが、すぐに振り払った。酒井は横山の部下の若い刑事だ。

朝日町までは二十分ほどで着いた。四十代の女性が一人暮らしをしているにしては古めかしい一軒家だった。築三十年は経《た》っているなと泰一は見当をつけた。

庭はまずまずの広さがあったが、雑草がはびこって、手入れがされていないのは一目瞭然だった。雑草の間に茶色く枯れた芝が見えた。元は青々とした芝生だったのか。

家屋は壁のペンキも剝げ、両開き窓の上のオーニングは畳まれたままで、腕木《うでぎ》は錆《さ》びついている。おそらくもう何年も開いたことがないのだろう。建てた時は洋風のしゃれた造りだったのだろうが、そうしたデザインが却《かえ》ってうらぶれた印象を与える。

車外に出て、全員が使い捨ての靴カバーを付ける。別の車から降りた鑑識員たちに外周の鑑識作業を命じておいて、泰一はテラコッタが敷き詰められた玄関までのアプローチを、目を凝らして慎重に歩いた。もしかしたら犯人の足跡が残っているかもしれない。巨漢の富岡も、機材の箱を抱えて一歩一歩足下を確認しながら歩いている。

玄関は開け放たれており、廊下の先の部屋から横山が顔を出した。

「鶴井《つるい》さん、こっちです」

小さく頷《うなず》いて廊下を奥へ進む。横山がすっと身を引いて鑑識員たちを中に入れた。そこがリビングルームのようだ。革張りのソファと暖炉を模したタイルの飾り棚の間の床に、小柄な女性が仰向《あおむ》けに倒れていた。毛足の長い丸いラグの上だ。フリースのジップアップにストレッチパンツという恰好《かっこう》だった。離れたところから見ても、胸の部分が赤く血で染まっているのがわかる。

「よろしくお願いします」

それだけ言うと、横山は部屋の外に出ていった。現場で一番重要なのが、鑑識作業だと心得ているのだ。鑑識員たちはてきぱきと作業にかかった。小峰はカメラを構えて写真を撮り、富岡は指紋検出用の道具を取り出した。出入り口の場所を教えている酒井の声が聞こえてきた。

泰一と中川は、遺体に近寄った。小峰があらゆる角度から写真を撮るのを待つ間に、被害者を観察する。ショートカットの髪は栗色に染められていて、薄く化粧が施されていた。目は閉じているものの、眉を寄せ、声を上げかけたように口は半開きになっている。驚愕《きょうがく》と苦痛の表情だ。整った顔立ちなのが、余計悲惨さを伝えてくる。泰一はもう何度もホトケの顔を拝んでいるが、慣れるということはない。特に殺人によるホトケは、突然命を絶たれた無念さを訴えているようだ。

気を取り直して観察を続けた。流れ出した血液は乾いて黒ずみ、固まっていた。両手はバンザイをするみたいに頭の上に持ち上げられていたから、その手にいくつもの切り傷があるのがわかった。ジップアップの袖にもすっぱりと切り裂かれた部分があって、血が滲《にじ》んでいる。防御創《ぼうぎょそう》だ。襲われた時に抵抗したのだろう。

小峰が写真を撮り終えたので、泰一は遺体のそばに膝をついた。衣服の乱れはない。ジップアップのファスナーは、首まで上げられている。胸の傷を検《あらた》めた。凶器は残されていないが、鋭い刃物で刺されたと推察できた。傷は深そうだ。

防御創があるということは、犯人ともみ合いになった可能性が高い。こうした場合、犯人自身も傷を負っていることがあるので、血液が被害者の衣服に付いていないかよく調べなければならない。

その他、毛髪や分泌物など、被害者の体に残された物が犯人を割り出す手がかりになることは多々ある。過去には口紅から女性の犯人を、金属粉から金属加工場の作業員を、シンナーから塗装職人を犯人と断定したことがあった。

泰一は、遺体から丁寧に付着物を採取した。ピンセットで何本かの毛髪や繊維片をつまみ上げ、証拠品袋に収める。中川は、泰一のそばでラグを丁寧に調べ始めた。この上で刺されたことは間違いないだろう。胸の傷から流れ出た血液が、ベージュのラグを汚していた。毛足が長く、厚いラグなので、遺留物を見つけるのは骨が折れそうだ。遺体とラグを隅々まで調べてから、二人で遺体を少しだけ持ち上げてみた。小柄で薄い体なので、容易に動かせた。ラグが、凝固した血液で遺体に貼り付いていて、一緒に持ち上がってきた。遺体はバンザイの恰好を崩さない。

「死後硬直が強いですね」

「少なくとも死後十時間は経っているだろうな」

死後硬直は死後十時間から十二時間後に全身に及び最強となる。その状態が約二十時間後まで持続するのだ。要するにこのホトケは殺害されて十時間から二十時間は経っているということだ。遺体を署に移した後、検視官が検視を行うだろうから、もっと正確なことがわかるだろう。おそらく解剖にも回されるはずだ。

もしかしたら、ホシは抵抗するマル害をここで押し倒して刺したのかもしれないなと泰一は推測した。傷の割には血液はそう飛び散っておらず、大方がふかふかしたラグに浸《し》みこんでしまっている。血液はそのまま固まって、マル害の体にラグを貼り付かせたのだ。

今度は二人でラグごと持ち上げてみた。フローリングの床には、血液の汚れはなかった。大量の血を吸い取ってしまうほど厚いラグだということは、持ってみてわかった。最近購入したのか、家と同様、家具調度はどれも古いのに、このラグだけは新しい。気に入って買ったラグの上で殺されるなんて、気の毒だなと泰一は思った。

「あれ？　これ、何ですかね」

中川がマル害の体をそっと下ろしながら、肩の後ろを見て言った。ラグを元の位置に慎重に戻してから、泰一もそこに目を近づける。フリースの生地に黄色い粉状のものが付着していた。泰一が指示するまでもなく、中川は細心の注意を払ってその付着物を証拠品袋の中に落とし入れた。透明なビニール袋を、泰一にもよく見えるように持ち上げる。非常に微細な粉としか言いようがない。それもごく少量だ。

「何でしょうね」

「まあ、とにかく持って帰って調べよう」

現場から採取されたものは何一つないがしろにできない。中川は証拠品袋をケースの中に丁寧にしまった。

家中の鑑識作業は、一時間半ほどかかった。証拠品が採取された場所には、三角形の番号付きの標識が立てられていて、小峰が一つずつ写真に収めていった。

家の外の鑑識も大方終わったようだった。いくつかの足跡とタイヤ痕が採取されたが、事件に関係するものかどうかはこれからの捜査にかかっている。

「それじゃあ、後は頼んだ」

泰一は横山の肩をポンと叩《たた》いて現場を後にした。


鑑識作業は、現場から戻ってからも忙しい。

持ち帰った採取物を分類した後、各種の検査機器を使って分析して、そのブツが現場にあった意味を見出《みいだ》さなければならない。それが捜査に大いに役立つのだ。

作業に没頭しているうちに、マル害の身元が判明した。被害者は檜垣洋子《ひがきようこ》という名前で、都内でボイストレーナーをしているという。

「ボイストレーナー？」

泰一は聞き返した。

「歌の歌い方を教える仕事でしょ」

富岡が大雑把な説明をした。ますますわからない。

「カラオケ教室の先生か？」

「違いますよ。オペラ歌手やポップスシンガーなんかのプロの歌い手も指導するんです。プロに教えるプロってとこです」

「ふうん」

わかったようなわからないような気分を抱えたまま、泰一は鑑識課長として捜査会議に出席した。

すでに夕刻になっていた。

署内に捜査本部が立ち上がり、本庁捜査一課からも大勢の捜査員が出張ってきていて、ひな壇にはお偉いさんがずらりと顔を揃えていた。そこでの報告を聞いていて、事件のだいたいの輪郭はつかめた。

檜垣洋子は四年ほど前までは、ミュージシャンのバックコーラスを担当していたという。彼女自身もプロの歌い手だったわけだ。若い時はいろいろな歌手やグループから引きがあって活躍していたという。彼女がバックで歌っていたミュージシャンの中には、泰一も聞き覚えのある名前があった。

三十八歳になった洋子は、体力的にきつくなったということでバックコーラスを引退し、都内の音楽教室でボイストレーナーの仕事に就いたということだった。しかしコロナの影響もあって生徒は減り、収入はよくなかったらしい。

「その頃から病気の両親の介護も始まったそうです」

事件発生後に駆け付けた機動捜査隊員は、十全に仕事をこなし、かなりの情報を仕入れてきていた。

マル害は生家であるあの家に戻ってきて、両親と同居を始めた。ボイストレーナーとしての収入は乏しく、都心のマンションで暮らすなどという生活は続けられなくなったというのが本当のところらしい。芸能人と呼ばれる人種と付き合う華々しいバックコーラス時代からは、かけ離れた地味で質素な生活を強いられていたということか。この四年の間に両親は次々と亡くなり、それと同時に蓄えていた貯金も底をついてかなり困窮した生活を送っていたということも報告された。

その情報をもたらしたのは、洋子の従姉《いとこ》にあたる女性で、事件の第一発見者でもある重松友加里《しげまつゆかり》だった。同年配の友加里は、前の晩に洋子に電話したもののつながらないので、気になって朝早くに訪ねていったということだった。

玄関も裏口も施錠はされていなかったと友加里は証言した。両方の鍵は家の中に残されていたが、洋子が普段使っていたバッグは見つかっていない。スマホや財布、手帖《てちょう》はバッグの中にあったと思われる。遺体発見の日を挟んで、前後二日間は、音楽教室での仕事は入っていなかったらしい。

強盗が侵入してきて洋子に騒がれて図らずも殺害に至り、動転してバッグだけ奪って逃げたのか。それとも初めから洋子を殺すために侵入し、自分との関わり合いを勘付かれないためにスマホの入ったバッグを持ち去ったのか。

マル害に恨みを持つような人物は今のところ見つかっていないし、家の中も荒らされた形跡はなかったから、捜査会議では、どちらの線も追うということが確認された。

目撃者も見当たらない。朝日町は古い住宅街で、年配者が多く住んでいる土地柄だ。家と家の間には畑や雑木林が点在する静かで落ち着いたたたずまいだった。檜垣家も近隣の家も、防犯カメラは設置していなかった。

泰一も鑑識員として、特に事件解決に結びつくような発見はなく、これから現場で採取した証拠品を分析するとしか報告できなかった。採取した多くの指紋や足跡が誰のもので、どう事件に関わっているかはこれからの鑑識作業にかかってくる。マル害は車を持っていなかったが、家の裏手でタイヤ痕を採取できたということは、一応報告しておいた。検視官からは、深い胸の傷からおそらくは失血死であろうという報告がなされた。明日、解剖に付されるということだった。

初動捜査だけでは、そんなところだろうという雰囲気で捜査会議は終わった。これからマル害の周辺や事件現場周辺を当たっていけば目ぼしい情報が得られるかもしれない。二人一組で捜査に当たる刑事の組み合わせが発表された。本庁の刑事と所轄の刑事が組むのが定石で、組み合わせとともに捜査の分担などが決められた。

会議が解散になると、泰一は鑑識室に戻って、膨大な証拠品に向き合った。他の鑑識員たちも無駄口を叩くことなく、それぞれの仕事にかかっている。室内は、緊張感に満ちていた。

今夜は帰れそうにもないなと泰一は思った。みさ緒も夫の仕事のことはよくわかっているから、連絡しなくても気にしたりはしないだろう。長年連れ添ってきた夫婦ならではのありようだった。

泰一たち鑑識が分析に精を出しているうちに、捜査の方も着々と進んでいた。

お互い忙しくて話をする暇もなかったが、横山も本庁の刑事と組んであちこち飛び回っているようだ。

翌日には解剖所見も出て、マル害が殺害された時刻は、遺体が発見された日の前日の午後三時から五時の間だと断定された。

檜垣洋子の身辺を探っていた捜査員から耳よりな情報がもたらされた。捜査員は、洋子がバックコーラスを担当したミュージシャンをリストアップし、洋子との関係を調べていた。

その中に辺見《へんみ》ワタルがいた。辺見ワタルの名前が捜査会議で出た途端、捜査員はざわついた。辺見ワタルといえば、日本では誰もが知っているポップシンガーだ。先月、世界的なレーベルと契約を結んだというニュースが流れたところだった。

もともとは「ブラディ・エンジェル」というバンドでボーカルをしていたのだが、バンド解散後はソロ活動に専念していた。四十五歳の今も独身で、その翳《かげ》のある風貌とハスキーな歌声、ステージ上での派手なパフォーマンスで人気を博していた。この辺見ワタルと檜垣洋子は親密な関係だったことがあるという。彼は、私生活は決して表に出さない主義だったから、これは業界人でもごく少数の人間しか知らないことのようだ。

その情報をつかんできたのは本庁の橋田《はしだ》という刑事と横山のコンビだった。洋子がバックコーラスを引退したのは、辺見と別れたショックからだろうという証言も取ってきていた。

「要するに人気スターに捨てられたということだな」

捜査会議を仕切っていた刑事課の係長が、ありきたりなまとめ方をした。

泰一は、美人の類に入るであろうマル害の顔を思い浮かべた。世界に躍り出ようとしている元恋人のことを、彼女はどんな目で見ていたのだろう。数年間半同棲《どうせい》生活を送っていたということだから、結婚も夢見ていたのかもしれない。大スターの恋人と別れたことが人生の潮目だったのか、彼女の人生はうまくいかなくなる。

両親が続いて亡くなり、独りぼっちになった。ボイストレーナーで細々と暮らしを立ててはいたが、友加里によると生活もゆとりはなかったという。そしてあの寂しい一軒家で冷たくなって発見されたというわけだ。マル害に何が起こったのだろう。

その答えは、数日後に鑑取《かんど》り班の捜査員が拾ってきた。バックコーラス時代の仲間から証言が得られた。洋子がバックコーラスを引退してからも付き合いがあったという彼女は、重い口を開いた。それによると洋子は辺見を脅迫していたようだという。

そのいきさつはこうだ。両親の介護をしているうちに蓄えが底をつくどころか借金を抱えていた洋子は、元恋人に金の無心をした。ところが辺見は無下にはねつけた。その時に、辺見には新しい恋人がいて、世界デビューがなったあかつきには、彼女との仲を公表するつもりらしいということに洋子は気づいた。

「もちろんお金には困っていたけれど、ヨーコを脅迫まで駆り立てたのは、たぶん新恋人の存在だと思うわ」

そう言った仲間は、辺見の新恋人のことを「名前を聞いたら誰でも知っているタレント」だと付け加えた。「ゴージャスだけど頭は空っぽ」と容赦がなかったらしい。

「自分が辺見の恋人だと言いたくてうずうずしてるのよ」とも。

「辺見の新恋人への嫉妬から、脅迫を始めたのか。だが何をネタに?」

誰もが頭に浮かんだ疑問を係長が捜査員に投げつけた。

「どうやらマル害は辺見の弱点を握っているようでした」

「弱点?」

「コーラス仲間の彼女は、大麻とか違法ドラッグとかを辺見がやっていた決定的な証拠をマル害が握っていたのではないかと言うんです」

辺見には、そういう噂《うわさ》が以前からついて回っていた。しかし、その都度彼は否定していたし、麻薬取締官の追及からもうまく逃れていた。それでうやむやになっていた。そういう噂は、彼のプロフィールに箔《はく》をつける役目を果たしていた。

証拠というのは、写真とか映像とかかもしれない。ブツそのものかもしれない。長年一緒にいた洋子なら、頷ける話だ。辺見との別れ話が出た時、彼女は不本意ながらも身を引いたらしい。何もかも恋人の将来のためだと自分を納得させていたのに、その恋人はもはや彼女に情のひとかけらも持っていなくて、つまらない若いタレントと一緒になろうとしている。これはどうしても許せない。愛情が憎しみに変わるのに、そう時間はかからなかっただろう。洋子は自分が握り潰そうとしていた辺見のブラックな過去を持ち出して、彼を脅迫した。

そんな事実が露《あら》わになったら、辺見ワタルはおしまいだ。で？　彼はどうしたか？

「辺見ワタルに直接当たってこい」

捜査方針は固まった。下命されたのは、橋田・横山のコンビだった。

「課長、例の黄色い粉ですけど」

中川が顕微鏡から目を離して声をかけてきた。

「ああ、あれか」

「これ、花粉ですね」

「花粉？　何の花だ？」

「そこまではわかりませんけど」

その先を調べる必要があるかどうか、中川の目が問うてきた。泰一は考え込んだ。現場となった家の庭は荒れてはいたが、雑草の中でツツジが咲いていたような気がする。玄関脇にはエゴノキがあって、白い小花が垂れさがるようにしてびっしりと咲いていた。家を出入りする時に、洋服に花粉が付いたとしても不思議ではない。

「一応、何の花粉か調べてみてくれ」

「わかりました」

微物の分析に長《た》けた中川は、次の作業に移った。マル害の体に付いた証拠品には、特に注意を払わなければならない。事件に関係がないとして排除していくことも重要だ。容疑者と目される人物が捜査線上に現れたことに、泰一は緊張していた。物言わぬ残留物は、明確に犯人を指し示す。横山たちの捜査の裏付けを取るために、作業は早急に進めなければならない。

辺見の聴取を行った橋田と横山は、渋い顔で戻ってきた。辺見は、洋子の死亡推定時刻には、野外コンサートのため静岡県にいたという。午前十時から始まったコンサートは、ぶっ通しで午後二時まで行われた。その後は撤収作業が行われ、その間も確かに辺見は会場にいたと複数の人物が証言した。夜には辺見とスタッフによる打ち上げが、富士宮《ふじのみや》市内の店を借り切って行われた。

富士山麓の広大なキャンプ場の特設会場から、東京都下の洋子の家まで車で三時間はかかる。コンサート会場にいた辺見には、マル害を殺害することは物理的に不可能だ。

「あれだけの大物だ。誰かに依頼したということはないか」

「それは相当危険な行為でしょう。第三者を挟めば挟むほど、どこから漏れるかわかりませんし、殺人を請け負うような輩《やから》との付き合いが辺見にあるとも思えません」

「辺見は容疑者から外れたということか……」

「そう見る方が妥当でしょうね」

「案外単純な押し込み強盗かもしれません」

捜査会議は紛糾した。

現場に残されたブツから何とか突破口が得られないものか。鑑識室に戻った泰一は、作業に没頭した。家の内外からは多数の指紋や毛髪が採取されていたが、たいていは洋子本人かこの家に出入りしていた従姉の重松友加里のものだということがわかっている。

マル害の体からは、ホシの血液を含めて、別の誰かの存在を指し示す証拠は見出せなかった。マル害の着衣に付着していたもので一番多かったのは、ラグの毛だった。アクリル製で丈夫なものだ。ラグから取れたふわふわした毛が、マル害のフリースのジップアップにもパンツにもくっついていた。

証拠品袋から取り出して並べたアクリル毛の前で、泰一は考え込んだ。

無駄毛というか遊び毛というか、こういうものが多いのは、このラグがまだ新しいことを示している。現場に立った時、古びた家の中で、ラグだけが新しいことに気がついたことを思い出した。そういえば、友加里の「先月洋子の家に行った時にはあのリビングにラグは敷かれていなかった」という証言内容を、捜査員が報告していた。そうすると、この一か月ほどの間に、マル害はラグを買い求めたということになる。

新しいラグから出た無駄毛が、マル害の背中だけでなく、体の前面にもくっついているということは、どういうことだろう。ラグの上で襲われて倒れて刺され、のたうち回ったのだろうか。いや、あの血の流れ方を見れば、倒れた直後に刃物で一突きされ、そのまま絶命したとしか思えない。長い毛足もそれほど乱れてはいなかった。

それに金に困っていた洋子がラグを買うのは、どうも違和感がある。アクリルやウールのものは、他の素材のものより値が張るはずだ。

泰一は考え込みながら鑑識室から出た。ちょうど廊下を横山が歩いてきた。

「鶴井さん」

泰一が声をかけるより先に、横山の方から寄ってきた。

「ちょっと話があるんです」

「ああ」

二人はそのまま廊下の端の自販機のそばまで歩いた。泰一が缶コーヒーを買って差し出すと、横山は礼を言って長椅子に座った。泰一もタブを引きながら隣に腰を下ろした。

「これは捜査会議で報告するようなことではないかもしれないので――」

横山は歯切れの悪い言い方をした。

「一週間前に志奈子が静岡の養蜂家を訪ねて行ったんですが」

「そうだってな」

泰一は、みさ緒が志奈子からもらったハチミツの礼を言った。小さく頷いた横山は言葉を継いだ。

「染川養蜂園って、例のキャンプ場の近くにあるんだそうです」

「辺見が野外コンサートをした会場か」

それは初耳だった。それにしても偶然だなと泰一は思った。志奈子が訪れた養蜂園とキャンプ場が近接していて、そこでコンサートをしたミュージシャンが遠く離れた東京の事件の容疑者と目されたとは。

「そのことに関して、染川さんが愚痴をこぼしていたらしいんですよ」

「愚痴？」

「ええ。特設会場から響いてくる音がうるさいって。キャンプ場が野外コンサートに使われだしたのはこの数年のことで、そんな使われ方をするとは思ってもみなかったと言ってたようです」

「普段は静かな場所なんだろうな」

きっと最新の音響機器を据え付けてガンガンやるに違いない。そうした音楽の好きな者にとっては心地よい音でも、他者には騒音としか聞こえないことが往々にしてあるのだ。だが横山がなぜそんな話を始めたのか、理由が判然としなかった。泰一は黙って耳を傾けた。

蜂は音に敏感な生き物なのだと染川は言ったらしい。蜂は触角を使って音を聴き取る。それだけではなく全身に生えた毛の振動からも音を感じている。また蜂どうしのコミュニケーションにも音を使う。羽を震わせたり、体を振動させたりして音を出し、仲間どうしで情報を伝え合うらしい。

「だから、大音響の音楽が流れると蜜蜂にも影響が出るようです。巣や花畑の方向を見失って蜂が集める蜜の量が減ったりして、養蜂家にとっては由々しき問題らしいんです」

「そうか。知らなかったな、そんなこと。興味深い話だ」

「それだけじゃなくて――」横山は小さく咳払《せきばら》いをして、泰一に向き直った。「今、染川養蜂園が巣箱を設置しているミカン山のすぐ下が、野外コンサート用の駐車場になっていて、大きなトレーラーが何台も停《と》まるらしいんですよ。辺見ワタルクラスのミュージシャンになると、持ち込む機材も相当な量になるみたいで。それらを会場に搬入したりまた積み込んだりするのにスタッフが大勢出入りするし、ライトは点灯しっぱなし。エンジンもかけっぱなし。養蜂家にとっては大迷惑だって」

「で、今回も辺見のチームがやって来たというわけだな」

「そうです。志奈子が改めて電話してみたら、大きなトレーラーが五、六台は駐車してたって」

「トレーラーか」

横山は缶コーヒーを飲み干すと、そそくさと去っていった。彼も考えあぐねているのだろう。誰かに話すことで、自分の頭の中を整理したかったのかもしれない。泰一もしばらくそこに腰を落ち着け、じっと自販機の稼働音に耳を傾けていた。

廊下の向こうの鑑識室から中川がひょっこりと顔を出し、泰一を認めると、近づいてきた。

「課長、例の花粉ですが、あれ、ミカンの花粉でした」

「ミカンの？」

――辺りいっぱい甘いお花の香りが立ち込めていたんだって。

みさ緒の言葉が頭の中で反響していた。


その日の夜の会議で、泰一はマル害の肩にミカンの花粉が付着していたことを報告した。それを補足する形で、横山が辺見のチームがミカン山の下に機材を積んだトレーラーを駐車していたことを報告した。おそらく辺見もそこに頻繁に出入りしていたはずだ。

捜査本部は色めき立った。

「ミカンの木の近くを歩いていて、辺見の体に花粉が付着していたのではないでしょうか。それが犯行時にマル害の体に移ったということは充分に考えられます」

「やはり辺見は怪しいな。動機があるのは彼だけだ」

「午後二時にコンサートが終わった後、辺見は会場を離れたのでは？　撤収作業でゴタついている現場から急いで東京に戻って犯行に及んだとしたら、死亡推定時刻にマル害を殺すことはぎりぎり可能です」

「それからまた静岡に取って返して、打ち上げに参加すればアリバイは成立します」

「そうか。自分のコンサートをアリバイ工作に利用したということか」

「その辺りを徹底的に洗え。辺見のスタッフなら、彼に有利に働くよう口裏合わせの証言をするかもしれん」

「マル害のスマホがバッグごと持ち去られていたという理由も合点がいきます。辺見は自分とマル害との関係を示す証拠を消したかったのでしょう」

「スマホには、辺見が薬物を使用していたという証拠が残されていたということも考えられます」

「やはりそういうことを他人にまかすことはないでしょう。ホシは辺見です」

停滞していた捜査が一気に進む予感に、会議室でのやり取りは熱を帯びた。

捜査員はそれぞれの担当を割り当てられ、コンサート当日の辺見ワタルの行動を洗うことになった。

横山が妻の志奈子から聞いたこと、それに泰一たち鑑識の作業から、一つの方向性が見出されたのだ。これが突破口になるのではないか。泰一だけでなく、捜査員たちは全員が高揚していた。

横山は橋田と共に、辺見を再び聴取しに向かった。個人事務所を構えていた辺見はかなりガードが固く、事務所の代表者やマネージャーはこれ以上、辺見が事件に巻き込まれるのを避けたいという意向を示した。忙しいスケジュールを抱えていることもあり、聴取には時間がかかった。

その間に別の捜査員が静岡の野外コンサートに参加していた事務所スタッフ、現地スタッフにも聴き取りを行った。同時に辺見と檜垣洋子との関係を調査して、辺見が洋子に脅迫されていた証拠を見出すことにも注力した。

だが、それらの捜査努力は水泡に帰した。

辺見はコンサート終了後、会場で地元テレビ局の取材を受けていた。それが一時間ほどかかり、その後はずっと会場を離れなかったことが証明されたのだ。会場に設置された防犯カメラに姿がとらえられていたし、多くのスタッフが辺見自身を見たり、直接言葉を交わしたりしていた。

自分でギターの演奏もする辺見は、トレーラーに大事な楽器が搬入される様子も確かめていたという。

「裏方のスタッフは打ち上げに参加することなく先に東京へ帰りますからね。お疲れさんと声をかけてくれました」

すべてのトレーラーが駐車場を後にするまで、見送っていたという証言は、キャンプ場のスタッフから取れた。そして午後七時には、辺見は打ち上げ会場である飲食店に姿を現した。辺見と利害関係のない多くの人物が、彼が静岡から離れなかったことを証言したのだ。

「辺見はシロか」

重い疲労感をべったりと体にまとわりつかせた捜査員たちは、うなだれた。二日前には同じ会議場で気持ちを昂《たかぶ》らせていたのが嘘《うそ》のようだった。

「あの――」

一人の捜査員が手を挙げた。指名されて立ち上がったのは、本庁捜一の刑事だった。彼は、辺見ワタルの麻薬疑惑が出た時に捜査に当たった麻薬取締官から話を聞いてきたのだった。そこで仕入れた情報を報告した。

それによると、辺見のスタッフの中に過去に大麻を所持していて逮捕された経歴を持つ人物がいるという。辺見は高校時代に初めてバンドを組んだのだが、そのメンバーに三宅佐登志《みやけさとし》という同級生がいた。たいして才能のない三宅は、辺見が「ブラディ・エンジェル」としてデビューする時には参加できなかったらしいが、それでもずっと辺見のそばにいて、雑用をこなしていたようだ。

スタッフというほど役に立つ男ではないし、クスリで逮捕された時に事務所では首を切ろうとしたのを、辺見が押しとどめたいきさつがあるという。神経をすり減らすことの多い音楽活動において、気心の知れた人物を身近に置いておきたいという理由だった。

「麻取《マトリ》も三宅に目をつけていて捜査を進めたらしいのですが、辺見がクスリを使用しているという確証は得られなかったということでした」

「だが、コーラス仲間の証言によると、辺見の弱みはそこではないかと言うんだな」

「彼女の推測に過ぎません」

古い仲間の証言から光明が見えた気がしたが、何もかもが行き詰まる。辺見に固執しているうちに、ホンボシを取り逃がすということになりかねない。

捜査本部では辺見の線にこだわることなく、もう一度事件を見直すということになった。

会議場を出た後、泰一は横山を呼び止めた。

捜査員たちが疲れ切った顔でぞろぞろ出ていくのを目の端でとらえながら、横山を人気《ひとけ》のない階段の踊り場に連れていった。

「やっぱりどうも引っかかるんだ。ミカン山にミカンの花の花粉だろ？　偶然とは思えない」

「鶴井さんもですか？　実は自分も気になって仕方がないんです。辺見がミカン山の下にいたこと、マル害の体にミカンの花粉が付着していたことにつながりがある気がして」

横山は腕組みをして「だけど、物理的に無理なんだよなあ。静岡と東京だもんなあ」と呟《つぶや》く。

「そこなんだが――」

泰一の言葉に横山は顔を上げた。

「二人が静岡と東京に離れていたと考えるから無理なんじゃないか？」

「どういうことです？」

「マル害の死亡推定時刻がネックなんだろ？　あの時間に辺見は確かに静岡にいたんだから」

「そうです」

「だったら、マル害も静岡にいたとしたら？」

「えっ？」

横山は腕組みを解いて、一歩前に出た。

「辺見はコンサートをするたびに、夥《おびただ》しい機材を運んでた。大きなトレーラーを何台も連ねて移動してたわけだ。その一台に檜垣洋子を乗せていたとしたら？」

横山は目を瞬《しばたた》いた挙句、ごつい指で顎をごしごしとこすった。

「つまり、辺見は野外コンサートの会場にマル害を連れていって――」

泰一は大きく頷いた。

「別便で来るように仕向けたのかもわからん。マル害の脅迫に屈したふりをして、そこで金を渡すと誘い出したのかもな。野外コンサートの片づけで大わらわだったスタッフに気づかれないように駐車場に停めてあったトレーラーの中に誘い込んだ」

「そこで檜垣洋子の殺害に及んだというわけですか」

横山が先を読む。だがまだ半分は信じられないという口調だった。

「たぶんな」

泰一は一気に畳みかけた。

「マル害が倒れていた厚みのあるラグがあるだろう。あれはマル害が買ったものじゃない。従姉も見《み》憶《おぼ》えがないと言っていたろう。あれは自宅で殺害されたと見せかけるためのものだったのさ。ラグは辺見が用意して、トレーラーの中に置いてあった」

「その上でマル害を刺したってことですか？」

「そういうことだ。ラグにはマル害の刺し傷から流れ出た血液が浸みこんで固まっていた。体とラグがくっつくほどに。それであの家で殺されたと錯覚させられたんだ。だが、ラグごと移動させたのだとしたら、辻褄《つじつま》が合うだろ？　それにラグが血液を吸い取ってしまって床までは染み出なかった。あの厚さはどうしても必要だったんだ。薄ければ床が血で汚れていないのは不自然だからな」

横山は、無精ひげの目立つ顎を指で再び強くこすり始めた。

「あのラグはまだ新しかった。遊び毛がマル害の体中にくっついていた。どうしてだろうと思っていたんだ。マル害は殺された後、あのラグで巻かれて、おそらくは機材を入れるケースに押し込まれたんだと思う。よくは知らんが、大掛かりなコンサートには、音楽機材を収めた丈夫なケースがいくつも積まれているんじゃないのか」

横山は「うーん」と唸《うな》った。

「マル害は小柄でしたよね。彼女なら、ああいうケースに容易に収まるでしょうね」

「なぜ刺殺だったんだろう。力のない小柄な女性なら、絞殺でも窒息死でもさせられたのに。あれはわざと血を流させてマル害の体とラグをくっつけるためだったんじゃないか？　巧妙な目くらましだ」

冷え冷えとした踊り場で、横山は声を荒らげた。

「そうか。我々は死亡推定時刻のトリックにまんまと引っかかっていたんだ。マル害は東京の自宅で殺されたんじゃなくて、静岡のコンサート会場で殺されたのか」

熱くなってくる横山を見て、泰一は却って冷静になった。

「だが、この推理を裏付けるものは何もない。ただミカン山とミカンの花粉だけでは落とせない。何とでも言い逃れはできるだろう。このことを上に伝えても動かんだろうな」

「裏付けは取ってきますよ。それだけのことを辺見一人でやったとは思えない。コロシは奴《やつ》がやったかもしれないが、協力者がいたはずです。信頼のおける人物がね」

「三宅か」

「おそらく。どうも胡散臭《うさんくさ》い人物のようですから、調べれば何か出てきますよ」

「慎重にやれ。こっちももう一回証拠品を調べてみる」

「わかりました」

横山はくるりと踵《きびす》を返すと、足早に階段を下りていった。


横山は橋田にも話をして、二人で辺見と三宅のコンサート当日の動向を改めて調べたようだ。すると現場にいたスタッフから重要な証言が取れた。三宅は打ち上げには参加していなかった。トレーラーから機材の入ったケースを一個、ワンボックスカーに積み替えて、先に東京へ向かったのだという。ケースを車に積み込む手伝いをしたスタッフが証言したのだ。

「辺見さんのギターとアンプが入っているので、自宅へ届けておいてくれと頼まれたって、そう言ってました」

彼の話では、スタッフの中でも三宅は辺見の指示で動く特別な存在という位置づけだったらしい。

「そういうことは時々あったので、特に気にもしませんでした。辺見さんと三宅さんは高校時代からの付き合いだから、辺見さんの私的な用も彼はやってました。僕らが口を挟むことなんかないですよ」

その晩、辺見も打ち上げ会場を午後九時には出て、マネージャーの運転する車で東京の自宅に帰ったそうだ。マネージャーは、辺見を午前零時前には自宅マンションに送り届けたと証言した。もし機材ケースの中に檜垣洋子の遺体が入っていたとしたら、その後、辺見と三宅はワンボックスカーで彼女の自宅まで運ぶことはできたはずだ。洋子のバッグの中には家の鍵が入っていただろうから、彼女をリビングルームの床に置いて、あたかもそこで殺されたように装うことも可能だ。

コンサートの終了直後、駐車場にスタッフではない女性がいたことを記憶していた者がいた。スタッフは全員がお揃いのTシャツを着ていたから、ファンがこっそり紛れ込んだのかもしれないと彼は思ったという。

「キャップを目深に被《かぶ》っていたから、どんな顔かはわかりませんでした。警備員を呼んできたら、もう姿は見えなくなっていました」

捜査員がよく確かめると、洋子が殺害された時に着ていたものと着衣が似ていた。泰一の推理に沿って改めて聴取を行ったからこそ、得られた証言だった。

横山が調べたことを所轄刑事課長に報告すると、直《ただ》ちに捜査本部のトップである管理官にまで話が通った。その結果、辺見を任意で取り調べる許可が下りた。聴取は橋田・横山組が当たることになった。

捜査本部の捜査員全員が、聴取の結果を固唾《かたず》を呑《の》んで待っていた。

しかし結果は芳《かんば》しいものではなかった。大スターである辺見は、簡単に口を割らないだろうと、泰一も考えていた。案の定、辺見は自分にかけられた容疑を一蹴した。檜垣洋子と一時深い仲になっていたことは認めたが、もう何年も前に関係は終わっていると言った。彼女が最近金に困って連絡を取ってきたけれど、きっぱりと断った。ただそれだけだ。脅迫されてもいない。ましてや殺害するなんてあり得ない。怒りを露わにして、そう言ったという。

静岡の野外コンサート会場に洋子を呼び出したことも否定した。

「ばかばかしい。そんな証拠がどこにあるっていうんだ」

横山は、ミカンの花粉が洋子の体に付着していたことを持ち出して問《と》い質《ただ》した。駐車場の裏手はミカン山になっていたから、その時に花粉が付いたのではないかと。

「ミカンの花?」辺見はぷっと噴き出したという。「ミカンの花粉が体にくっついていただけで、洋子があの場にいたと決めつけるなんて安易すぎるだろ。だいたい、駐車場の裏の山にミカンの木が植わっていたのも知らない」

しつこく追及する横山に、しまいには辺見はそっぽを向いてしまった。

「ミカンの花なんか、静岡じゃなくても咲いているだろ?」

ぼそりと呟いた後、だんまりを決め込んだ。

任意の聴取では、そこまでが限界だった。辺見は解放され、不機嫌そうに去っていったらしい。トレーラーが停められていた駐車場について現地の所轄署に問い合わせると、辺見が言った通り、ミカン園があるのは山の中腹より上で、駐車場からは見えないとの回答だった。駐車場から通じる道もないミカン園へ上っていくのも骨だが、木々の間を歩き回らない限り、小さなミカンの花から花粉が体に付着することはないと付け加えてきた。

そうしたいきさつを横山から聞いた泰一は、考え込んだ。どこかに見落としたものがありはしないか。ミカンの花粉、血を吸い取ったラグ、三宅が運んだという機材のケース。それらは明確に犯罪を指し示している。それを暴き出すには、地道な採証活動に徹するしかない。科学技術は、泰一が犯罪捜査に参加する唯一の武器だった。

鑑識室に戻った泰一は、中川を呼んだ。彼に静岡までの出張を命じた。行き先は染川養蜂園と静岡県の農林技術研究所だった。鑑識課長の意を汲《く》んだ優秀な部下は、完璧な仕事をこなして戻ってきた。そのまま泰一は、中川が持ち帰った鑑定試料を科捜研に持ち込み、より詳細な鑑定を依頼したのだった。

そうこうしているうちに、別の鑑識員が決定的な証拠を見つけた。三宅が運転していたワンボックスカーのタイヤと、檜垣洋子の家の裏に残っていたタイヤ痕が一致したのだ。その事実と、科捜研から戻ってきた鑑定結果を踏まえて、捜査本部は辺見ワタルと三宅佐登志の逮捕状を取った。

辺見ワタルが逮捕されるというセンセーショナルな出来事に、世間は大騒ぎになった。

逮捕された二人の聴取が行われている間に、引き続き鑑識作業も行われた。辺見が使用していたトレーラーとワンボックスカーを調べることが第一の目的だった。泰一は、三宅が運び出したケースが積まれていたトレーラーを担当した。ケースそのものは処分されてしまったという。あの中に洋子の遺体を入れて運んだのだとしたら、証拠隠滅を図ったものと考えられた。それでも丁寧に調べれば、トレーラーの中に洋子がいた痕跡を見つけることができるかもしれない。

泰一たちは広いトレーラーの荷物室の中で、舐《な》めるようにして証拠品を捜した。短い毛髪一本、繊維一本、皮膚片の一つも見逃すことなく、採取した。丸まった小さな埃《ほこり》も大事な証拠品だ。荷物室に這《は》いつくばって目を凝らしていた泰一は、小さな丸いものを見つけた。

「これは――」

目の高さに持ってきたそれを、泰一はまじまじと見詰めた。

「何ですか？　それ」

近くにいた中川が、泰一がピンセットで摘まみ上げたものを見て問うた。それは死んだ蜜蜂だった。羽を体に貼りつかせてうち萎《しお》れたそれの後ろ足には、団子状に丸めた花粉がくっついていた。

「蜂――ですか？」

中川がもっとよく見ようと顔を近づけてくる。

「そうだ。こいつが花粉の運び屋だったんだ」

泰一の答えに、中川は目を見張り、大きく息を吸い込んだ。


取調室で厳しい追及にあった辺見は容疑を否認し続けた。彼が呼んだ弁護士も強気だった。不当逮捕だと息巻いた。

だが、きっちりと揃えられた証拠品の前では、凄腕《すごうで》の弁護士も口を閉じるしかなかった。マル害の体に付着していたミカンの花粉は特別なものだった。静岡の農林技術研究所がいくつかの既存のミカンを掛け合わせて作った新品種の花粉だったのだ。中川が採取してきた新品種のミカンの花粉と、マル害の体から見つかった微量の花粉は、科捜研の分析によって、同じ品種のものだと判明した。辺見が言った「ミカンの花なんか、静岡じゃなくても咲いているだろ？」という理屈は通用しない。あれは農林技術研究所が実験的に栽培していたミカンで、染川養蜂園はそこからハチミツを得ていたのだ。よって日本のほかの場所には同じ花粉は存在しないのだった。

ネックはどうやって洋子の体に花粉が付いたかということだった。ミカン園にまで行かなかった彼女に花粉をくっつけたのは、一匹の蜜蜂だった。洋子が連れ込まれ、殺害現場となったトレーラーの中に、あの蜜蜂が紛れ込んでいたのだった。たっぷりと花粉団子を後ろ足にくっつけたちっぽけな蜜蜂は、コンサートの大音響に迷わされ、巣箱まで帰れなかったのかもしれない。

「まさか蜜蜂が静岡から東京まで飛んでいったとか言わないだろうな」

横山は、反論しようと口を半開きにした辺見に言ったそうだ。

「先に言っておくが、蜜蜂の行動範囲は巣箱を中心とした半径二キロらしいぜ」

それを聞いて、辺見はがっくりとうなだれたという。

別の取調室では、三宅が自供を始めていたから、どっちにしても長くは粘れなかっただろう。三宅は辺見に頼まれて檜垣洋子をコンサート会場まで誘い出し、トレーラーの中で辺見が彼女をラグの上で刺殺した後、遺体をラグで包んで機材のケースに入れて東京まで運んだと供述した。ラグを買ったのも三宅だった。

東京で辺見と合流した後、二人で洋子の自宅まで運んで、リビングの床に置いてきたのだった。三宅は辺見が洋子に脅迫されていることも知っていた。辺見に違法薬物を勧めたのは三宅だったから、洋子の口をふさがなければ自分も破滅だと思ったのだという。

辺見もとうとう口を割った。洋子は、付き合っていた時に手に入れた決定的な証拠を持っていた。クスリを吸引する時に使ったガラスのパイプだ。それには辺見の指紋もクスリも付着していた。のみならず、辺見が薬物を使用している画像もスマホで撮影していたのだった。抜け目のない洋子は、それらを何かの時に役に立つと大事に保管しておいたらしい。辺見に捨てられ、生活に困窮し、なおかつ辺見が新しい恋人を公表して身を固める素振りを見せた時、やっとそれの出番がきたというわけだ。

脅迫され、金を渡していた辺見だが、際限のない脅しにほとほと疲れ果てた。このままでは、積み上げてきた芸能界でのキャリアを台無しにされると考えた彼は、手っ取り早い方法で悩みの種を取り除こうとしたのだった。証拠のパイプと引き換えにまとまった金を渡すからと洋子をおびきよせた。彼女を殺害した後に、奪ったスマホとパイプは破壊して処分していた。

「うまくいくと思ったんだがな」

自白してすっきりしたのか、投げやりになったのか、辺見は自嘲気味にそう言ったそうだ。野外コンサートを利用して、完璧なアリバイを作ったと思ったはずだ。

だがそれを打ち砕いたのは、一匹の蜜蜂だった。

「天網恢恢疎《てんもうかいかいそ》にして漏《も》らさず、ってことね」

「何だって?」

ハチミツをトーストに塗り付けていた泰一は、聞き返した。

「つまり、お天道様は見てるってことよ」

みさ緒はミキサーのスイッチを入れた。ガーッと耳障りな稼働音がキッチンに響き渡る。平和な朝の風景だ。ミキサーからグラスに注ぎ入れられた野菜ジュースが、泰一の目の前に置かれた。エプロン姿のみさ緒も、向かいに腰を下ろした。

「お隣の増田《ますだ》さんとこの佳穂《かほ》ちゃんがね、辺見ワタルの大ファンでね」

ゆで卵の殻を剝《む》きながらしゃべる。

「彼が逮捕されたって聞いてワンワン大泣きしたんだって」

「へえ」

泰一は、素っ気なく答えた。ファンのそういう様子は何度もテレビで流れた。正直言って食傷気味だ。

「でも人を殺したんだからね。もしあの人の仕業だってわからなかったら、平気な顔して歌を歌ってたのかしらね。それって、今まで通り聞く人の心に響いたのかしら」

みさ緒は時々、ぎょっとするような鋭いことを口にする。

「悪いことはできないもんよ。あの人が野外コンサートをした場所が染川養蜂園の巣箱を据えた近くだったとはね。そしてそこにたまたま志奈ちゃんがハチミツを買いに行っていたなんてね。しかもその時花を咲かせていたミカンというのが新品種だったなんて」

みさ緒は剝いた卵にせっせと塩を振りかけている。

「そして捜査に当たったのが、志奈ちゃんの旦那さんの横山さんとあなただったとはね。運が悪かったわね、辺見ワタルは」

ふっと微笑《ほほえ》んだ妻を、泰一は上目遣いに見た。

「ミカン山の下まで飛んでいった蜜蜂は、大冒険をしたわけよね」

みさ緒は視線を宙にさまよわせた。まるでそこに丸々と太った働き者の蜜蜂が飛んでいるというふうに。

「今度、志奈ちゃんと一緒に染川養蜂園に行くことにしたの。ライちゃんも連れて」

ライというのは、「フラワーショップ橘」でアルバイトをしているベトナム人の女の子らしい。泰一は会ったことがないが、真面目《まじめ》でよく気がついていい子なのだとみさ緒は言う。

「ライちゃん、ミカンの花を見たことがないんだって」

みさ緒はがぶりとゆで卵にかぶりついた。

弦楽死重奏

志奈子《しなこ》から差し出された花束を見て、ライは目を丸くした。

「ええ！　こんなにゴーカな花束、いいんですか？」

「いいわよ。初めてでしょ？　この街でカンティーナ弦楽四重奏団《カルテット》のコンサートがあるの。楽しんでいらっしゃい」

「ありがとうございます！」

ライは顔を上気させながら、大きな花束を受け取った。

「フラワーショップ橘《たちばな》」を営む志奈子が、腕によりをかけてこしらえてくれた花束だ。この店でアルバイトをするベトナム人のライのために、無償で提供してくれたのだ。

「ライちゃん、そこで一回、くるっと回ってみて」

志奈子に言われて、ライは大きな花束を抱いたままくるりと回った。

「いいわね！　そのワンピース、すごく似合ってる」

「そうですか？」

ふわっと広がった裾が素敵だけど、どうも気になる。普段はトレーナーにGパン姿で過ごしている自分には着慣れない代物だ。

コンサートにどんな恰好《かっこう》でいったらいいかと志奈子に相談すると、志奈子が若い頃に着ていたワンピースを引っ張り出してきた。

「これ、もう着ないから、ライちゃんにあげる。捨てずに取っておいてよかったわ」

胸の高い位置の切り替えから、細かなプリーツがかかったワンピースだ。色はベージュでおとなしいけど、本当に似合っているかどうか心もとない。情けない顔をしていたのだろう。

「ほら、ライちゃん、もっと胸を張って」

志奈子が背中をポンと叩《たた》いた。

「これね――」クスリと笑う。「私、お見合いした時に着たの」

「オミアイって何ですか?」

「結婚したい男の人と女の人が、誰かの紹介で会うことよ」

「え? 志奈子さん、オミアイしてどうなったんですか?」

「どうもしないわよ。結婚するまでにはいかなかったってこと」

「よかった! オミアイ、うまくいかなくて。私、ショージさん、好きだもの」

志奈子がアハハと笑った。横山昇司《よこやましようじ》は、志奈子の旦那さんだ。二人とも五十歳を越えるまで独身で、ひょんなことで知り合って数年前に結婚した。昇司は素朴でいい人だ。地元の警察署で刑事をしている。「フラワーショップ橘」でバイトをしながら、夜間の専門学校に通っているライのことを、それとなく気づかってくれている。

「さあ、早く行きなさい。コンサートに遅れるわよ」

「はーい、いってきまーす」

「いってらっしゃい。トゥアン君によろしくね」

「わかりました」

「あ、それからリエンさんには、ムサシは元気にしてるって伝えて」

「はい」

店の奥の住居部分につながるドアの隙間から、そのムサシが顔を覗《のぞ》かせた。少しだけ先が曲がった尻尾《しっぽ》を振り立てて「ミャオ」と鳴いた。

「ムサシ、行ってくるね」

ライは花束を抱いて、駅に向かって歩きだした。もう心は一時間後に始まるコンサートのことでいっぱいになった。幼馴染《おさななじみ》のトゥアンに会えるのも嬉《うれ》しい。思う存分、ベトナム語でおしゃべりができる。リエンがトゥアンを付き人として雇ってくれて本当によかった。そうでなければ、トゥアンがこんなに度々日本に来ることはなかっただろう。

ズオン・フォン・リエンは、ベトナム人のバイオリニストだ。三十四歳の彼は、二十五歳の時にチャイコフスキー国際コンクールのバイオリン部門で第一位を取って注目され、以降は世界中で活躍している。素晴らしい音楽家であるリエンは、ベトナム人の誇りでもある。そして、ライにとっても特別な人だった。

ライは、ベトナム南部にあるラムドン省の省都、ダラットという町の出身だった。ベトナム南部といっても高原に位置するダラットは一年中涼しく、過ごしやすい。フランス統治時代から避暑地として開発されてきた歴史を持っているだけあって、湖や森林が点在する美しいところだ。

ライは、ベトナムコーヒーの農園で働く両親の許《もと》、多くの兄弟たちと楽しく暮らしていた。子どもは家の手伝いをするのが当たり前だ。学校が終わったら、家事や小さな子の世話を分担して親を支えていた。裕福ではないが、豊かな生活を営んでいたと思う。同年齢のトゥアンとは、母親どうしが仲がよかったので小さい時から一緒に遊んでいた。彼の一家は、別荘の管理人として住み込みで働いていた。

トゥアンたちを雇っていたのが、リエンの一家だった。ホーチミン市に住むリエンたちは雨季前の暑さを避けて、四月から五月にかけては高原にあるダラットの別荘で過ごしていた。レストランやゴルフ場を経営する父親は、息子であるリエンに音楽的才能があるのを見抜き、幼少の頃から英才教育を施していた。その中でも秀でていたのがバイオリンだった。

父親は、リエンの将来に相当期待していたと思う。別荘に滞在する時も、バイオリンの教師を一緒に連れてくるほどの熱の入れようだった。別荘では常にバイオリンの音が鳴っていた。トゥアンやライよりも七歳年上のリエンだが、高ぶることはなかった。ライが遊びにいっても気さくに話しかけてくれるような人だった。

「リエンはきっと世界中に名前が知られるバイオリニストになると思うな」

「うん、私もそう思う」

トゥアンとライは、よくそんな話をした。二人は近くの松林へ薪《まき》を拾い集めにいくのが日課だったから、リエンが別荘に来ている間は、リエンのことばかり話していた。松は薪には適した材だ。松脂《まつやに》が含まれているからよく燃える。大人は松の枯れ木を斧《おの》で割って薪にするが、子どもは地面に落ちている枝を拾い集めた。松の葉も焚《た》きつけとして利用する。そもそも亜熱帯気候のベトナムには、松はあまり見られないのだが、標高の高いダラットには松林があった。ダラット松と言われている。

ざっと拾い集めてさっさとおしまいにしたがるライとは違って、トゥアンはきちんと薪を束ねて持ち運びしやすくしてくれた。小さな体で、いくつもの薪の束を背負って歩いていくトゥアンの後ろ姿を思い出した。

日本に来て、「フラワーショップ橘」でアルバイトを始めた時、正月前になると松が入ってくるのを見て懐かしい思いがしたものだ。

コンサートホールは人でごった返していた。ライは受付に花束を託した。多くの花束が贈られていたが、ライが持ってきたものが一番目を引く気がした。志奈子が作る花束はセンスがいい。きっとリエンは喜んでくれるだろう。

胸元のリボンを直して、ライは席に向かった。チケットはトゥアンが送ってきてくれた。リエンからの指示だそうだ。リエンがリーダーを務める人気のカンティーナ・カルテットのチケットだ。どんなに高くても絶対に手に入れたいと思っていたから、これをプレゼントされた時は、嬉しくて跳び上がったものだ。志奈子と昇司にも見せた。彼らも喜んでくれた。

トゥアンも楽屋には来ているはずだ。リエンは、このコンサートが終わったら、一日はこっちにいていいとトゥアンに言ったそうだ。幼馴染のライと、ゆっくり過ごすようにとの配慮からだ。それも嬉しかった。この日をどれほど待ち望んだことだろう。

ライは指定された席に着いた。前から三列目のいい席だった。幕が開いて、リエンを始めとする弦楽四重奏団の四人が現れた。バイオリンが二人、ビオラとチェロが一人ずつ。拍手に応じて一礼するリエンは、細身でハンサムで、身のこなしも洗練されている。もちろん、演奏も優れている。女性に人気があるのも頷《うなず》ける。

ライは高鳴る胸を押さえて演奏曲に聴き入った。ショスタコーヴィッチやバルトークの弦楽四重奏曲が演奏された。舞台上のリエンは、一心にバイオリンを弾いている。あまりに熱が入り過ぎたのか、弓の毛が数本切れて垂れ下がっているのがわかった。コンサートの前には念入りに弓を松脂で手入れしたのだろう。スポットライトが当たった時、激しく動く弓から松脂の粉末がぱっと舞うのが見えた。

ライは、時折息を止めてしまいそうなほど演奏に没頭してしまった。

休憩を挟んであっという間の二時間だった。コンサートの後、ほんの少しの時間、リエンに会うことができた。トゥアンが楽屋に招じ入れてくれたのだ。ライはベトナム語でチケットの礼を言った。

「ライ、元気だった？　今日は来てくれてありがとう」

そう返すリエンは疲れ切っているようだった。かなり痩せているようでもある。ライはちらりとトゥアンを見やった。常にリエンの近くにいる彼も、心配しているのではないかと思ったのだ。

「僕らは今日のうちに移動するけど、トゥアンは一日遅れて来るように言ってあるから、二人でたっぷり話すといいよ」

そんなに忙しくて体に障るんじゃないのかと思ったが、思っただけでライは口にしなかった。

「ありがとうリエン。あ、それからムサシは元気にしています」

志奈子からの伝言に、リエンは弱々しい笑みを浮かべて応えた。ムサシはリエンから託された三毛猫だった。ライのアパートでは飼えないので、志奈子に頼んで飼ってもらうことにした。どっしりした体のムサシは、今では、「フラワーショップ橘」の主のような顔をして居座っている。

カンティーナ・カルテットの他のメンバーも、ライに一言ずつ声をかけてくれた。第二バイオリンのジェシカ・ベイリーはイギリス人、ビオラのアンドレ・クライフはオランダ人、チェロのキャリー・ブラウンはカナダ人だ。彼らはトゥアンからライのことを聞き及んでいるらしく、親し気に肩を叩いたり、握手をしてくれたりした。ジェシカ以外は、リエンと同じ年齢だ。

ジェシカの姉のエバを含めた四人は、英国王立音楽院で学んだ仲間だった。意気投合した彼らは、学生の時から弦楽四重奏曲を演奏していたそうだ。卒業後は別々に演奏活動をしていたのだが、リエンが国際的に有名な賞を受賞したのをきっかけに、また集まって演奏を始めたのだ。

「カンティーナ」という名前は、学生時代に彼ら四人が通っていた庶民的なレストランの名前だと聞いた。バイオリニストのリエンが率いるカンティーナ・カルテットは人気が出て、今では世界中を演奏旅行するようになった。リエンのマネージャーが、カルテットのマネージメントも引き受けている。

そのマネージャーが、移動用のマイクロバスが来たと告げた。

リエンがライに寄ってきて、ハグした。

「さよなら、ライ」

リエンは意味深な別れの言葉を囁《ささや》いた。


トゥアンが宿泊しているホテルの最上階のラウンジで、ライは幼馴染と向かい合った。客はまばらだ。静かに行き来するウエイターは、ベトナム語で話し込む二人に注意を払うことはない。

「リエンは大丈夫なの？」

ライの問いに、トゥアンは眉を寄せた。彼の肩越しに、夜の街のネオンが輝いていた。もう四年も暮らしている街だが、こんな時間にこんなところに来たことはない。随分遠くに来たものだ。幼馴染を目の前にすると、ついそんなことを考えてしまう。無防備で無邪気だったベトナムの子ども時代にはもう戻れない。そう思った途端に、松林が風にそよぐ音が耳元で聞こえた気がした。トゥアンと競争で、松の枝を拾い集めていた幼い頃。

リエンは十八歳の時、英国王立音楽院に進んだ。それでダラットの別荘には来なくなった。それはとても寂しいことだった。ライは、リエンがバイオリンの練習をしている様子をそっと覗き見するのが好きだった。

リエンがケースからバイオリンを取り出すところ、弓に丁寧に松脂を塗るところ、譜面台に譜面を置いてバイオリンを構えるところ、すっと一つ息を吸い込み、バイオリンを奏で始めるところ。端整な顔立ちの少年の動作は、どれもうっとりするほど美しかった。トゥアンを訪ねるという口実で、ライは庭からガラス越しにリエンを見ていたのだった。トゥアンもそばで、息を殺して雇い主の息子を見ていたように思う。

リエンがいなくなっても、ライもトゥアンも変わらず家の手伝いをしながら学校へ通って大きくなった。

その後、ライは技能実習生として働いていた姉を頼って日本へ渡った。姉は、ただ金を稼ぐだけでなく、何か手に職をつけてベトナムへ帰ることをライに勧めた。ベトナムの実家へは自分が仕送りをするからと。それでライは二年間がむしゃらに働いて自分のために金を貯《た》め、一度ベトナムに帰ってから留学生として再来日し、鍼灸《しんきゅう》柔整《じゅうせい》専門学校の夜間部へ入った。働き過ぎて神経痛やリウマチに悩まされる祖母を治してあげたいと思ったことがきっかけだった。

専門学校のあるこの街に移り住み、夜間の通学と両立するために、「フラワーショップ橘」でアルバイトを始めた。居心地のいいバイト先を見つけられたのは幸運だったと思う。トゥアンは、ライが日本に来てからもベトナムで働いていたのだが、リエンがプロのバイオリニストとしてデビューした時、請《こ》われて付き人になった。リエンは、誠実で勤勉なトゥアンのことをよく理解していたと思う。音楽家としてやや神経質なところがあるリエンが、小さな時から知っているトゥアンを選んだのは当然のなりゆきのように思えた。

トゥアンは、それからは世界中を駆け巡って演奏を続けるリエンに付いてどこにでも赴くようになった。忙しいリエンを支え続けているのだ。リエンも、ベトナム語で話せる人物がそばにいることで、安らぎを得ているようだ。七歳違いの二人は、主従関係というよりは、兄弟か友人のようだった。

単独でも弦楽四重奏団としても、よく日本を訪れるリエンと共に、トゥアンもやって来て、時々ライとも会う。それはライにとっても嬉しいことだ。トゥアンがベトナムで働いていたら、こうはいかないだろう。

「どうなの？　リエンは。やっぱりエバのことが――」

答えないトゥアンに、ライは畳みかけた。

「そりゃあ、そうだろ。リエンはエバのことを片時も忘れたことはないよ」

「そうよね」

ライは目を伏せた。さっき見たリエンの憔悴《しょうすい》した顔を思い出した。英国王立音楽院で学んでいる時からリエンとエバは恋人どうしだった。将来も約束した仲だった。一度、リエンとエバ、トゥアンとライの四人で食事をしたこともある。エバは楚々《そそ》とした美しさが目を引く女性で、バイオリンの腕もさることながら、聡明さも際立っていた。英語とベトナム語を交えての会話はとても楽しいものだった。リエンとはお似合いだと思ったものだ。

そのエバが一年と三か月前、突然自殺してしまった。リエンの受けたショックは相当のものだったろう。しばらくは演奏活動を休止していた。その間、ベトナムに帰ってダラットの別荘にこもっていた。トゥアンはずっと付き添っていたようだ。

馴染《なじ》んだ別荘で過ごしたことがよかったのか、ようやくリエンは前向きな気持ちになり、楽器を手にした。カンティーナ・カルテットも復活した。失われた第二バイオリンには、エバの妹のジェシカが入った。

「やっぱりバイオリンを弾いていたいんだ」

そうリエンが言ったということを伝え聞いて、ライはほっと胸を撫《な》で下ろしたものだ。リエンは、前にも増してハードなスケジュールで世界中を演奏して回った。その中には日本も含まれていた。世界中で引っ張りだこの彼がよく日本に足を運ぶのは、日本人の強力なスポンサーがいるからだったのだが、そのスポンサーもつい八か月前、不慮の事故で亡くなってしまった。彼が所有する八ヶ岳《やつがたけ》の麓にある別荘が火事になって焼死してしまったのだ。なんという不幸が続くものだろうと、ライは心を痛めた。だから、今日の演奏会は、特別な思いで臨んだのだった。

鬼気迫る演奏だった。特に今夜演奏されたバルトークの「弦楽四重奏曲第四番第五楽章」は、不協和音と激しさで、ライの心をざわつかせた。どうしてリエンはあの曲を選んだのだろう。楽屋で会ったリエンは、あまりに疲れ切っており、さらに心配が募って、そんな会話などとてもできなかった。励ましたかったが、「ムサシは元気にしています」と伝えるのが精いっぱいだった。

ムサシは、もともとは亡くなった日本人のスポンサーが飼っていた猫だそうだ。優しいリエンが引き取ったはいいが、演奏旅行に出ることの多い彼に猫の世話は無理だった。トゥアンを通してライに話がきて、結局は志奈子に頼んで飼ってもらうことにしたのだ。子どものいない昇司、志奈子夫婦にとっては、ムサシはかけがえのない存在になった。

そのことを、トゥアンに詳しく話した。いずれ彼の口からリエンに伝わるだろう。

「ムサシは、いつも志奈子さんと一緒にいるのよ。お店にもムサシの定位置があってね。お客さんにも可愛《かわい》がってもらってる」

トゥアンが嬉しそうに笑うと思ったのに、難しい顔をしたままだ。マティーニの中に入っているオリーブをじっと見詰めている。ライはマンゴージュースを一口飲んで、乾いた口の中を潤した。

「ねえ、ホント、どうしたの？　リエンは体の具合でも悪いの？」

夜景のはるか上を、飛行機の点滅信号が通り過ぎた。

「ムサシだけど――」

ようやくトゥアンが口を開いた。リエンのことを訊《き》いたのに、なんでムサシの話になるんだろう。疑問が湧いたが、ライは黙って聞き耳を立てた。

「あれを穂積《ほづみ》さんは別荘に連れていってたんだ」

「誰？」

「穂積昌一郎《しょういちろう》さん。ほら、リエンのスポンサーだった人」

「ああ」

この前、不幸にも火事で命を落とした人だ。確か日本の大企業の社長だか会長だかをしていた人。とにかく大金持ちだ。芸術、特にクラシック音楽に造詣《ぞうけい》の深い人でリエンもカンティーナ・カルテットも、彼の強力な支援を受けていた。

ライは雑誌で見た穂積昌一郎の顔を思い浮かべた。目力の強い初老の男だった。いかにも成功者という感じで、自信たっぷりにカメラを見詰めていた。性格的にきついという印象を受けた。ああいうのを、日本人は「アクの強い人」と言うんだろうとライはぼんやりと考えた。

「つまんないことをしゃべってもいい？」

ふいにトゥアンがそう言い、ライはクスッと笑った。

「つまんないこと？　いいよ。トゥアンと話せるなら何でもいい」

トゥアンは固い表情を崩さない。ライは落ち着かない気分になった。なぜかその先を聞きたくないと思った。幼馴染のことはよくわかっている。こんな顔をする時は、たいていトゥアンは深刻なことを話すのだ。

「穂積さんの別荘が火事になる前、リエンたちカルテットのメンバーは、あそこを訪れていたんだ」

「そうだった。それは聞いたよ。火事の後」

「あの時、リエンはムサシを別荘から連れ出した。迎えにいった僕には、穂積さんがくれたんだと言った」

「うん」

それも聞いたような気がする。ライは頭の中を整理した。リエンやその他のメンバーが日本に来た時は、必ずスポンサーの穂積に挨拶に行く。時間があれば、穂積は彼らを八ヶ岳の別荘に招待した。あの別荘は、穂積のお気に入りの場所だった。顔が広いから経済人や政治家、または音楽関係者などをたくさん集めてパーティをすることもあるそうだ。そうかと思えば、一人で出かけていって過ごすこともある。煩《わずら》わしい人間関係から逃れてゆっくりしたいと思うこともあるのだろう。そういう話は、トゥアンから聞いていた。

去年の秋のことだった。リエンたちが去った数時間後、別荘は燃え上がり、穂積は死んでしまうのだ。リエンとその仲間は、重要なスポンサーを失《な》くしてしまった。

「リエンたちが別荘を出た時、穂積さんは酔っぱらってしまっていたと言った。そうでなくても気まぐれな人だから、見送りに出てこないこともあったし、僕は不審には思わなかった」

でも、リエンがムサシをしっかりと抱いて車に乗ってきたのには違和感を持ったという。

「リエンは穂積さんからもらったと言ったけど、それ、ちょっとおかしいなと思ったんだ」

「どうして？」

「穂積さんはムサシを可愛がっていた。別荘に来る時もたいていは連れてきていた。その猫をぽんと人にやるなんて変だ」

「うん、まあ、そうだね」

穂積に会ったことのないライは、そう答えるしかなかった。

「それから――」

トゥアンはちょっと視線を宙に泳がせた。八か月前のことを頭の中で再現しているのだ。几帳面《きちょうめん》で慎重な彼の性格からして、不確かなことは言いたくないのだろう。

「僕が車を運転して四人を迎えにいった時、四人の素振りがおかしかった」

「おかしいって？　どんなふうに？」

別荘のドアには内側から鍵がかかっていた。カルテットの四人が出た後、穂積が施錠したのだという。一度、別荘に泥棒が入ったことがあったそうだ。穂積が眠っている家の中で目ぼしいものを漁《あさ》り、それを盗んで逃げた。それ以来、穂積は一人になったら必ず鍵をかけるようにしているのだった。

リエンたちが出た後も習慣通り鍵をかけたはいいが、また酒を飲んで寝入ってしまい、家が燃えているのに気づかなかったということだろう。別荘のリビングには立派な暖炉があった。秋口には八ヶ岳の麓は冷える。あの日ももう火を入れていたと、リエンたちは後に証言した。彼らの食事の準備をして、先に帰った地元の家政婦も同じことを述べたらしい。

「僕が別荘の前に車を着けた時、リエンもジェシカもドアの前でうずくまってムサシを呼んでいた。他の二人も同じようにしてたんだ。『ムサシ、おいで、おいで』って呼んでいた」

重厚な玄関ドアには、下部に小さな猫用の出入り口が付いていたという。そこからムサシが出てくるように、家の中に呼びかけていたのだ。

「確かにちょっと変よね。ムサシをもらったんだとしたら」

「それにまだ穂積さんが寝入ってしまわずに起きていたのなら、ドアを開けてムサシを手渡すと思うんだ」

トゥアンは顔を曇らせた。

「もう寝ちゃってたんだよ。だとしたら、彼が内側から鍵をかけてだいぶ経《た》っていたということになるわね」

「まあね」

酒好きな穂積には、時折そういうことがあったという。暖炉の前に大きなビーズクッションが置いてあって、その上に寝転がっているうちに寝入ってしまうことが。寒がりのムサシは、さらに暖炉の近くに陣取ってご主人様を見ているのが常だったという。

その場面を見ていないライには、トゥアンが何を気にしているのかよく理解できなかった。

「外は木枯らしが吹いて、かなり寒かった。車を降りて彼らのそばに寄って行った時、皆の体が冷え切っているのに気づいたんだ」

「つまり、四人は結構長く外にいて、ムサシを呼んでいたってこと？」

トゥアンは頷いた。そして別荘の構造を説明した。ドアの向こうには、リビングが広がっていて、真正面に暖炉がある。あの別荘の唯一の暖房は、暖炉なのだとリエンから聞かされた。リビングで火を焚けば、建物全体が温まるのだと。南国出身のリエンとトゥアンにとって、暖炉は珍しいものだった。

「何度か送り迎えであの別荘には行ったけど、外壁に沿って薪がたくさん積み上げられてた。それが全部松なんだよ。きちんと切り揃《そろ》えて割ったものを、穂積さんは地元の業者から買うそうだ。僕らは松を拾い集めて煮炊きに使ってたけど、ここでは暖房に使うんだなって思った」

あの寒い日も暖炉では松の薪が赤々と燃えていたはずだ。松脂を含んだ薪はよく燃えていただろう。ムサシは暖炉の前にいたはずだから、玄関ドアに開いた小さな出入り口から、カルテットのメンバーが口々に呼ぶのもわかっていただろう。暖炉とドアとの間には、穂積が正体もなく寝入っている。ムサシはご主人様のそばにいるか、リエンたちの呼びかけに応えるか、迷っていたのかもしれない。

なぜ猫にそんな駆け引きを持ちかけたのか。

「ムサシは穂積さんがリエンたちにやったのではないかもしれない」

トゥアンは難しい顔で考え込んだ。もはや口を挟むこともできず、ライは彼の話に聞き入った。

「リエンたちは、ムサシを連れていきたかったんだ。ライも知ってるだろ？　リエンは優しい性格で、生き物も大事にしていた」

そうだった。リエンは動物好きだった。ホーチミンの自宅では、猫や犬を飼っていて、たまに避暑に来る時に連れてきたりもしていた。ダラットでも、小鳥の囀《さえず》りにじっと耳を澄ませたりしていた。

「あの時のリエンたちは、必死の形相だったよ。どんなことをしてもムサシを呼び寄せたかったんだ。そして連れていきたかったんだ」

ムサシが猫用の出入り口に近づいてきた時、ジェシカが手を伸ばしてムサシの体を触ったり撫でたりしていた。そして外に引っ張り出した。他の三人は、顔を見合わせて嘆息したという。

「でも、どうして？　どうしてもらったんでもないムサシをそんなに必死になって連れ出そうとしたの？」

「彼らにはわかっていたんじゃないかな。あの別荘が火事になって燃え落ちるということが」

ムサシは、「フラワーショップ橘」の作業台のそばに置かれたスツールの上で丸くなっていた。店の中では、そこがムサシの定位置だった。お客さんに頭を撫でてもらったり、ちょっとしたおやつをもらったりしたら、大儀そうに「ミャア」と鳴いて、尻尾を一振りするのだ。でっぷり太ったムサシは人気者で、学校帰りの子どもたちも店の奥まで入ってきてムサシを触りたがった。年寄り猫のムサシは、ひとところに腰を据えたら、滅多なことでは動かない。日がな一日、スツールの上で丸くなっているのだ。

八ヶ岳の別荘でも、暖炉の前に陣取っていたに違いない。

「あら、ライちゃん、どうしたの？　今日はトゥアン君とデートでしょ？」

振り返った志奈子が言った。志奈子は今日一日、お休みをくれたのだった。

「あ、これから一緒にお昼を食べて、それから駅まで送っていくんです」

「そうなんだ。いっぱいお話をしておいで」

「はい」

花卉《かき》市場で仕入れてきた花の水揚げや陳列で忙しい志奈子は、そのまま店の奥に行ってしまった。ムサシはライの顔を見て、大あくびをした。その動作に合わせて曲がった尻尾が、ぶらんと揺れた。

お昼はライがご馳走《ちそう》することになっている。トゥアンと待ち合わせた回転寿司《ずし》の店へ向かう。本当はちゃんとしたお寿司屋さんに連れていきたかったが、ライの懐事情では、回転寿司が精いっぱいだった。

トゥアンはよく眠れただろうか。昨夜あんな会話をしたせいで眠れなかったのではないだろうか。彼の中に芽生えた疑念を、自分の中に納めておくことができず、幼馴染のライにしゃべったのだ。

夜のラウンジで、あの後トゥアンの口から出たことは、驚くべきことだった。あの別荘が出火することを四人は知っていた。知っていたからムサシだけは助けようとしたのだとトゥアンは言った。それは穂積が火事で亡くなることを予測していたということになる。いや、彼が焼死することを画策したのはあの四人かもしれない。そうでなければ、ムサシよりも穂積を外に逃がそうとするだろうから。

そんなことをトゥアンは言った。

「カルテットのメンバーは、穂積さんを殺そうとしたんじゃないかな」

とうとう恐ろしいことを口にした。そういうトゥアンは苦悩の表情を浮かべていたのだった。ライの首筋で生まれた冷たい塊が、背中を滑っていった。

「数時間後に火事になるように細工して、別荘を出たんだ。それでもムサシが焼け死ぬのは忍びなくて、外から呼びかけて連れ出したんだよ」

一言も発することができず固まったライに向かって、トゥアンは急いで付け加えた。ここで言わなければ、もう二度とこんな恐ろしいことを口にすることはできないというように。

「何だって穂積さんを殺すのよ。あの人は、大事なスポンサーなのに」

ライの反論に、トゥアンは顔を歪《ゆが》めた。

「憶《おぼ》えてる？　エバが自殺したのは――」トゥアンは遠い目をした。「去年の春先のことだった」

それからすっと視線をライに合わせた。彼らしくない射すくめるような視線だった。ライは思わずぶるっと身を震わせた。やはり訊くべきではなかったかもしれない。だが、幼馴染の言葉は容赦なく彼女の耳に流れ込んできた。

「なぜエバは自殺したと思う？」

わかるはずがない。ライは首を振った。

「去年の内にはリエンと彼女は結婚の発表をするはずだった。幸せの絶頂にいたはずだった」

そうだ。あまりに突然の、あまりに悲劇的な出来事だった。その報を聞いた時、ライはいたたまれない気持ちになったのだった。リエンは演奏ツアーを中止し、ダラットに引きこもった。当時、誰にもエバの自殺の原因はわからなかったと聞いていた。

「自殺する直前、妹のジェシカにだけは、エバは何が起こったか告げていた」

「何が？　何がエバに起こったの？」

そう問わずにはいられなかった。

「彼女は穂積にレイプされたんだ」

周囲の音がすべてかき消えた。和やかに語るラウンジの客の声も、ウエイターがテーブルに食器やカトラリーを置く密《ひそ》やかな音も。この世のすべての音という音が失われた。

「そんな――」

トゥアンの低い声だけがライに届く。

「その前の年の十二月、来日していたカルテットのメンバーは、穂積に八ヶ岳の別荘に招待された。前日のコンサートの後、四人は別行動になった。リエンは雑誌の取材を受け、その他のメンバーもそれぞれのスケジュールに従って行動していた」

トゥアンはマネージャーから言いつけられた雑用のため、東京に残っていたという。彼らが八ヶ岳から戻ってきたら、成田《なりた》空港から一緒の飛行機に乗る予定だった。

一番に別荘に着いたのは、エバだった。後の三人もその日の午後遅くには合流するはずだった。だが昼過ぎから雪が降り始めた。かなりの降雪量で、交通機関はマヒ状態になった。八ヶ岳の別荘は雪に閉ざされてしまった。清里駅《きよさと》まで来た他の三人は、別荘までたどり着くことができなかった。

「別荘までの道が雪で通行止めになったんだ。別荘には穂積とエバが取り残された」

トゥアンは乾いた唇を、舌で湿らせた。

「で、悲劇が起こった」

翌日の午後になって、ようやく除雪車が動き出し、別荘までの道が通じた。三人が到着した時は、穂積は平然としていた。エバは具合が悪いと言って、別荘を出た。それきり真実は隠されたままだった。演奏からも遠ざかり、リエンにも会おうとしないエバを問い質《ただ》しても、固く口を閉ざしたままだったという。

「そのせいでエバは自殺を？」

「そうだ。妹にだけ本当のことを告げてね」

「なんてこと」

「そのことは、ジェシカの口からリエンにも、他のメンバーにも伝わった。リエンは僕にもそれを話してくれたよ」

「穂積さんはどうしたの？」

「もちろんリエンは穂積を問い詰めたよ。でも――」

穂積は徹底的にしらばっくれた。それでもしつこく食い下がると、面倒くさそうに穂積はそれを認めたということだ。

「だが、レイプだなんてとんでもない。エバの方から僕を誘ってきたんだ」

卑劣な言い訳だ。リエンは穂積の襟元をつかんで壁に押し付けた。外で待機していたトゥアンが飛び込んで、二人を引き離した。

「ひどい乱暴を働くじゃないか。でも僕はこれからも君たちのスポンサーであり続けるよ。僕はそれほど狭量《きようりよう》な人間じゃないからね」

襟元を直しながら、穂積はそう言ったそうだ。

「それで彼らの口止めをしたつもりだったのさ。あいつは金さえ積めば、誰だって支配下に置けると勘違いしているんだ。かわいそうな奴《やつ》だ」


回転寿司を、トゥアンは喜んで食べてくれた。

「美味《うま》いな、これ。僕、日本に来る楽しみの一つが寿司を食べることなんだ」

そう言って、次々に皿を空けた。

リエンの付き人をしていれば、きっと高級な寿司店にも行くことがあるだろうに、そんなことはおくびにも出さない。彼の優しさが身に染みた。

電車の時間までまだ間があった。ライの案内でこの街自慢の広い公園に足を運んだ。自然のままの森林公園と日本庭園が隣り合っている場所だ。回遊式の純日本庭園を、トゥアンは珍しそうに見て回った。

「日本の松は低いんだなあ。それに奇妙な形をしている」

「それは剪定《せんてい》をして形も作ってあるからよ。ほら、盆栽と一緒」

「日本人って面白いね。木の形までこんなふうに変えて楽しむなんて」

ダラット松は三十メートルにもなる高い木だ。松林はまさに森林という趣《おもむき》だった。二人は並んで日本庭園の大きな池の周りをぐるっと回った。

「昨日の話だけど――」

とうとうトゥアンが口火を切った。

「とんでもない話だと思っただろ？」

ライは何とも答えられない。

「エバの自殺とその理由、別荘の火事と穂積の死を僕が勝手に結び付けた。自分でも考え過ぎだと思ってた。そんな不吉な想像をリエンにぶつけたこともないし」

砂利《じゃり》敷きの小径《こみち》を、トゥアンは自分の足下を見て歩く。

「ほんとに相当飛躍した想像だよな。第一、どうやって誰も入れない別荘の中に火をつけるっていうんだ？　あれは暖炉からの失火だって消防も結論づけたんだ。火事の通報があったのは、僕がリエンたちを車で拾って、東京へ向かって走っている時だった」

だから、この考えはずっと僕の中で封印してたんだと続ける。

「でもやっぱりそうだったんじゃないかと、また最近思い始めた。あれはリエンとジェシカの復讐《ふくしゅう》だったんじゃないかって。それにアンドレとキャリーも協力したんじゃないかって」

「どうしてそう思うの？」

ライの問いに、トゥアンはまた目を伏せた。

「リエンはカンティーナ・カルテットを解散するつもりだ」

「そんな……」

「それだけじゃない。彼自身も演奏から身を引く気なんだ」

「嘘《うそ》でしょ？」

「本当だ。そうはっきり僕に言った。カルテットのメンバーたちもそれを了承してる」

二人は築山《つきやま》のそばにある東屋《あずまや》に入った。誰もいない東屋の中に腰を下ろした。

「穂積が死んでからのリエンは、生き急いでいるみたいだった。人生の最終章に向かって走り続けているって感じだった」

ライの耳の奥で、バルトークの「弦楽四重奏曲第四番第五楽章」が鳴り響いた。

「復讐をやり遂げたリエンは、生きる意味を失ったんだよ。演奏家としての自分にも終止符を打つ決心をしたんだ」

「トゥアンは、やっぱりあれがエバのための復讐だって思うのね」

トゥアンは、ふっと寂しげに笑った。

「あり得ないよな。あの別荘には内側から鍵がかかってた。それは火事の後の現場検証でも確かめられたんだ。ビーズクッションの上で毛布を被《かぶ》って寝入ってしまってた穂積は、爆《は》ぜた火が暖炉から飛び出したのに気づかなかったんだよ」

池の浅い場所に一羽のシラサギが舞い降りるのを、二人はじっと見詰めていた。

「ねえ」

ライはシラサギからトゥアンに視線を移した。

「私もとんでもない話をしていい？」

トゥアンは面食らった顔をした。それから息を吸い込んで「いいよ」と答えた。

「ムサシを引き取った時、ムサシの尻尾が変に曲がっているのに、志奈子さんが気がついたの」

毛並みもそこだけ乱れていたし、気になって志奈子は動物病院に連れていった。すると獣医が言ったそうだ。尻尾が曲がっているのは、この部分に負荷がかかったせいだ。ここには何か紐《ひも》のようなものが結び付けられて、引っ張られたのではないか。

「虐待を疑われたわ」

帰ってきた志奈子は首をすくめた。

「あの先生、犬や猫の保護活動にも取り組んでいて、そういう症例をたまに見たって」

ライが志奈子の言葉を伝えると、トゥアンは不安げに目を瞬《しばたた》いた。

「別荘が火事になった日、リエンたちは家の外から一生懸命にムサシを呼んでたのよね。どうしてかしら」

「だから、いずれ燃えてしまうとわかっている家の中にムサシを置いておけなかったからだよ」

「それなら、初めからムサシを外に出しておけばいいじゃない。猫用の出入り口があったということは、ムサシは自由に出入りしていたんでしょうから」

「そうか」

「もし、リエンたちが失火に見せかけて穂積さんを殺そうとしたのなら――」

ライは自分の言葉に震え上がった。だがどうしてもその先を言わずにおれなかった。

「ムサシを利用したのかもしれない」

「ムサシを――利用？」

トゥアンは首を傾《かし》げた。

「家の中にいる間に、ムサシの尻尾に紐を結び付けておいたの。穂積さんには知られないように。でも相当酔っぱらっていたのなら、彼はそこまで気が回らなかったわね、たぶん」

ライは一気に自分の推理を話した。昨日の晩、眠れないでずっと考えていたことだった。ムサシの尻尾に結び付けられた細い紐の先には薪がくくり付けられていた。薪は暖炉の中に放り込まれる。そして、リエンたちは穂積に暇《いとま》を告げる。よろよろと立ち上がった穂積は、彼らをドアから送り出し、内側から鍵をかける。そしてまたビーズクッションのところに戻る。そこでまだグラスから酒を飲んだだろうか。酔って寝てしまうのはいつものことだ。それを暖炉の前にうずくまったムサシはじっと見ていた。

外に出た四人は、機が熟すのをじっと待った。穂積が毛布を被って寝入ってしまうのを。ムサシの尻尾に結び付けられた薪に火がつくのを。猫のために開けられた出入り口から、中の様子を窺《うかが》いながら。

そして穂積がいびきをかき始め、ムサシの背後の暖炉が燃え盛る頃、彼らはムサシを呼んだ。なかなか腰を上げようとしない太った猫を必死で呼び寄せたのは、仕掛けた細工を発動させるためだった。

ムサシは、ドアに向かって歩き始める。火のついた薪を引きずりながら。絨毯《じゅうたん》の上、熟睡したご主人様の横を通り過ぎて。重たい薪は、彼の尻尾を痛めつける。それでも大きくて力のある猫は、任務を果たしてドアまでたどり着く。

四人は安堵《あんど》の息を吐《つ》いたことだろう。その頃にトゥアンが到着したというわけだ。車で別荘に近づき、駐車している間に目にした光景に彼は違和感を持った。

「ジェシカが手を伸ばしてムサシを触っていたのは、結わえた紐を解《ほど》いていたのじゃないかしら」

家の中に置き去りにされた仕掛けはすっかり燃えてしまい、証拠はなくなる。トゥアンはぼうっとした顔をライに向けた。

「そうか。ちょうどその時間に着くように、リエンは僕に電話をして来たのか」

「そうよ。トゥアンはそのまま彼らを乗せて走り去ったわけ。ムサシも一緒に」

「その後、別荘は火事になったってこと？　ムサシが引きずってきた薪で？」

トゥアンは考え込んだ。挙句に言った。

「そんなにうまくいくかな？　一本の火のついた薪が床に放り出されただけで？」

ライもトゥアンも子どもの頃は薪で煮炊きをしていたのだ。薪を積み上げて火を効率よく燃やすのは、容易ではないと知っている。

「油でも撒《ま》いていれば別だけど。そんなことしたら、すぐに放火を疑われる。実際、別荘の中からは、油性のものは検出されなかった」

「油じゃない」

「え？」

「あの人たちは持っているじゃない。天然の着火剤を」

トゥアンはぽかんと口を開いた。ライはすっと身を寄せて囁いた。

「松脂よ」

弦楽器の弓の弓毛に塗る松脂。あれは松の樹脂にひまし油を加えて固めたものだと聞いた。とても脆《もろ》くて割れやすいのだと、ダラットにいる時リエンに教えてもらった。カルテットの全員が持っていた松脂。あれを細かく砕いて、絨毯や毛布やクッションの上にばら撒いておいたなら？　半透明の松脂はそう目立たないはずだ。撒かれた松脂の上を火が通ったなら、燃え移ったのではないか。やがて絨毯を、毛布を、クッションを焼く。何も知らずに眠っている男も焼く。大きく育った火は家全体に広がる。何もかもを焼き尽くす頃、カルテットのメンバーは東京へ向かう車の中にいた。

「そんなこと――」

今度はトゥアンが言葉を失う番だった。

「想像よ、これも。私の」

あったかもしれない企《たくら》み。まったくの思い違いである確率は高い。

でもムサシの尻尾は曲がってる。それは事実だ。あれはとうとう治らなかった。ムサシを診察した獣医は、「尻尾に結びつけられていたのは、細い紐か針金じゃないかな」と志奈子に言ったそうだ。

もしかしたらムサシの尻尾には、バイオリンのスチール弦が結わえつけられていたのかもしれない。薪の火が紐を伝ってムサシに燃え移らないように。火種と猫との間に金属製の遮断装置を設けたのだ。バイオリニストたちが去った後にスチール弦が一本残っていたとしても、消防も警察も不審に思わないだろう。復讐劇に利用した猫を、リエンたちは何としても助けたかったのだ。

池の中のシラサギは、首をついと伸ばして小魚をとらえた。

トゥアンは、東京行きの電車に乗って去っていった。今度はいつ会えるだろう。ライは遠ざかる電車を見送りながら思った。

カンティーナ・カルテットは本当に解散した。メンバーは世界中に散っていった。リエンはベトナムに帰った。正式な発表はなかったが、バイオリン奏者としての活動にも終止符を打ったようだった。そばにはトゥアンがぴったりと付き添っているという。そこだけは安心できた。そのトゥアンからライに連絡があった。

「リエンは悪性リンパ腫を患《わずら》っている」

短い言葉が、ライを震え上がらせた。

「どうなの？」

声も震えた。

「よくない」

「ああ……」

「リエンはそれを知っていたんだな。自分の命がそう長くないということを」

だから復讐を？

その言葉は呑《の》み込んだ。あれはトゥアンと私の想像の産物なのだ。確証は何もない。

「とにかく僕は最後までリエンと一緒にいるよ」

リエンは、ダラットの別荘で療養をしているという。幼馴染の声の向こうで、松林に風が通る音がしたような気がした。

——さよなら、ライ。

リエンの声が蘇《よみがえ》ってきた。


大ぶりのシャクヤクが、重そうに首《こうべ》を垂れている。

そのそばにはトルコギキョウ、バラ、ダリア、ライラック、カラー、デルフィニューム——初夏の鮮やかな花がずらりと並んでいた。

花の前を忙しく行ったり来たりするライの鼻腔《びこう》に、甘い香りが流れ込んでくる。それだけで幸せな気分になる。作業台では志奈子が、スズランを中心にした可愛らしいブーケを作っている。今日、近所のピアノ教室の発表会があるので、いくつかの注文が入ったのだ。

この花束を受け取る小さな子の顔を思い浮かべているのだろう。志奈子はかすかに微笑《ほほえ》んでいる。この人は、本当に花が好きなんだなと思う。花で人を幸せにすることもできる。

リエンも——と思う。リエンも音楽で人を幸せにすることができたのだ。カンティーナ・カルテットのコンサートに行った時、聴衆は皆、幸せそうな顔をしていた。あれほどの力を持っていたのに、リエンはそれを投げ出した。

穂積に復讐をしようと決意した時に、彼は音楽に向かう純粋な心を失ったと思ったのか。もはや自分は人を幸せにできないと悟ったのか。だけど、そうせずにはいられなかった。どうしても穂積を許せなかった。

カルテットのメンバーも彼に賛同し、協力した。音楽を愛し、恋人を愛していたエバの無念を晴らすために、彼らはそうするのが正しい道だと判断したのだ。あれほど息の合った四重奏を聴かせてくれる人たちだ。きっと一分の狂いもなく助け合って行動を起こしたに違いない。彼らは去年の秋、楽器ではなく、死を奏でたのだった。

ああ、でも今もそれが本当に行われたかどうかはわからない。穂積は不幸な事故で亡くなったのかもしれない。リエンは死ぬまで真実を告白することはないだろう。そばに付き添っているトゥアンにも。

ライはスツールの上で丸くなっているムサシに目をやった。

真実を知っているのはお前だけだよ。心の中で呟いた。太った猫は、曲がった尻尾をひょいと持ち上げて「ミャオ」と鳴いた。

ファミリー・ポートレイト
家族写真

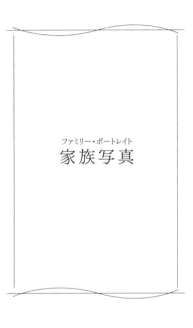

窓の下の坂道に、セキレイが一羽下りてきた。背中は黒く、腹は白いすっきりした姿で、ツンツンと尾を上下に動かしている。坂の下に川が流れているので、そこからやって来たのだろう。

要一《よういち》は、デスクの上からカメラを取り上げた。セキレイを狙ってみたが、敏捷《びんしょう》な小鳥はさっと飛び立ち、矢のように視界から消えた。坂の下から男性が一人上ってきた。それに驚いたのだろう。男性の顔に焦点を合わせてみる。コートの首元の、グレーに赤の線が一本入ったマフラーがしゃれている。

後ろから来た黄色のミニバンが、男性を追い抜いていった。冬の入り口の暖かな昼下がりだ。

坂道のどん詰まりにあるこの家を、要一は気に入っていた。コンクリート打ちっぱなしの二階家で、生活空間である二階の部屋からの眺めはなかなかのものだ。東京のど真ん中にしては静かだし、住宅が建て込んでいないので風通しもいい。カメラマンの要一は、一階を仕事場として使っていた。フォトスタジオも兼ねた事務所だった。

この窓から、仕事の関係者がやって来るのをよく眺めたものだった。

プロのカメラマンとして四十数年仕事をしてきた要一だが、この秋にすっぱりと引退した。七十一歳という年齢が、仕事を退《ひ》くのにふさわしいかどうかはわからない。カメラマンとしてある程度の評価も得たし、やり切ったという気持ちはあった。年齢のせいで、質の悪い仕事をすることにならないうちに、自分でピリオドを打ちたかったのだ。

それを知ったグラビア誌が、今までの作品を集めた写真展を品川《しながわ》のギャラリーで開いてくれた。『中川《なかがわ》要一の軌跡』と仰々《ぎょうぎょう》しく銘打った写真展も終わり、やっと落ち着いた。カメラだけを相手に生きてきて、とうとう結婚することもなかった要一は、これからの人生をこの坂の上の家で穏やかに過ごそうと決めていた。

ハイバックチェアに背をもたせかけ、使い込んだ35ミリ一眼レフの「ニコンF3」を手でくるみ込んだ。馴染《なじ》んだ形が手のひらに心地よい。カメラ環境もフィルムからデジタルに変わり、ミラーレス機も登場して一眼レフの時代も終焉《しゅうえん》を迎えるなどと言われている今、仕事をやめる潮時だったと思う。

写真展には、このニコンで撮った写真も数多く出品した。要一が撮影する人物写真には定評があった。それもスタジオでモデルを撮るのではなく、生活する人々の普段の顔を撮ることを得手《えて》としていた。自分から外に出かけていき、自然光の中の人物を相手にシャッターを切った。彼の写真は、被写体の内面を映し出すと言われていた。

サケ漁で網を引く漁師を撮った『漁《すなど》る人』。歓楽街の二十四時間営業の保育所の子供たちを撮った『夜の子ら』。サーカス小屋の片隅で一服する老ピエロを撮った『憩い』。どれも高く評価され、グラビア誌の巻頭を飾ったものだ。

最近の作品で印象に残っているのは、『断ち切る』と題した写真だった。ごくたまに頼まれて式典の写真を撮りに行くことがあった。式典にはたいてい豪華な花が飾られているものだが、その時に大ぶりの花瓶に一心に花を活《い》けている中年の女性を被写体にした。ちょうどユリの花の茎にハサミを入れているところで、その手元にピントを合わせた。ずいずいと太くみずみずしい茎を、花バサミが一気に切り落とすその瞬間をとらえたものだ。

ハサミを握る手は水仕事のせいで荒れており、その向こうに下からのアングルでとらえた女性の顔があるという構図だった。今まさに力を込めようとする腕の筋肉の緊張と真剣な彼女の表情が絶妙のバランスを見せていた。たくさんの花の中のたった一本にも気を抜くことなく向き合っている女性の気迫のようなものが窺《うかが》える。どうしてもそこで茎を断ち切らねばならなかったのだと見る者に思わせる写真だった。

この写真をグラビア誌に載せる時、式典の主催者に生花店にコンタクトを取ってもらい、了解を得た。すると写真掲載後に、被写体になった女性から連絡をもらった。東京郊外の町で小さな花屋を営んでいるのだとはきはきした声が告げた。その時のことを憶《おぼ》えていてくれたのだろう。写真展には、立派な花を贈ってくれた。「フラワーショップ 橘《たちばな》」という名札のついた花は、会場の入り口に飾られた。

チャイムが鳴った。要一は我に返り、ニコンを置いて立ち上がった。階下の事務所は閉めている。訪問者は外階段を上がってきてチャイムを押す。

開いたドアの向こうに、中年の男性が立っていた。首に巻いたグレーのマフラーをすっと抜き取った。赤い線が一本。さっき坂を上ってきた男性だ。

「中川要一さんですか？」

おずおずと尋ねられ、「はい」と答えた。

「私は、水野拓馬《みずのたくま》といいます」

初めて聞く名だ。迂闊《うかつ》にドアを開けてしまったことを悔いた。何もかもが一段落した今は、しばらくゆっくりしたかった。知りもしない人物との煩《わずら》わしい会話で、貴重な時間を無駄にしたくなかった。だがなぜか、開いたドアを押さえたまま、要一は水野と名乗る男と対峙《たいじ》していた。

「あの――突然お伺いしてすみません」

相手の控えめで迷いのある態度にも、邪険にできない何かを感じた。しかし部屋の中に招じ入れる決心もつかないまま、要一は立ち尽くしていた。

「写真展に伺いました」

「それは――どうも」

「あの『家族写真《ファミリー・ポートレイト》』という作品ですけど――」

写真展の入り口、贈られた盛花のそばに掲げられた『家族写真』というタイトルの作品は、要一にとっては記念すべきものだった。彼のカメラマン人生を変えた一枚と言っていい。あれで有名な写真家の名を冠した写真の賞を受賞した。その後、意欲的に数々の作品を発表していき、注目され、話題になった。引退するまで仕事の依頼が途切れることなく続いて、フリーランスのカメラマンとしての地位を確立できた。

「私は、あの中に写っている一人です」

「え?」

要一はあの作品の構図を思い浮かべた。満開の桜の下、赤ん坊を抱いた若い母親が振り返ろうとしている。後ろから来た父親が、声を掛けた一瞬をとらえたものだ。親子三人にピントを合わせているが、少し離れたところに、両親らしき初老の夫婦が立っている。寄り添って若い夫婦を眺める姿は穏やかだ。何よりいいのは、赤ん坊の表情だ。父親を認めてぱっと輝かせた瞳や、まるまるとした小さな手を母親の肩越しに父親に伸ばした仕草が、全身で喜びを表しているようだ。

五人の家族の上に降り注ぐ桜の花びらが、躍動感と彩りを添えている。幸福な家族の何気ない日常の一瞬の輝きを切り取ったものと評価された。もう二十四年も前のことなのに、シャッターを切った時のことを、ありありと思い出すことができる。

「では、君は――？」

「あの時、赤ん坊を抱いた女性に声を掛けていたのが、私です」

「赤ん坊を抱いた女性？」

水野の顔をじっくり観察した。忘れられない写真に写った家族の顔は、何度も見返したせいで目に焼き付いている。確かに目の前の男を若くすれば、父親の顔に重なり合う。しかし自分の妻なのに、なぜこんな妙な言い方をするのだろう。意味がわからず、要一は首を傾《かし》げた。

「あなたはあの写真に『家族写真』というタイトルを付けてくださいましたが、実際はそうではありませんでした」

水野はそこで一呼吸置いた。また迷いの表情が浮かび上がる。それから意を決したように先を続けた。

「あの時、私と彼女は初めて会ったのです。血がつながっていたのは、女性と赤ん坊だけです。年配の女性は彼女の姑《しゅうとめ》にあたる人でしたが、その縁も切れる寸前でした」

「それは――」

言葉が続かない。だが水野は、さらに奇妙なことを口にした。

「でもあの後、私たちは本物の家族になりました。あの写真がきっかけで」

要一はドアを大きく開けて、水野を部屋に招き入れた。

引退した自分のところに、今、この男が訪ねてきたことに、大いなる意味があるような気がした。どうしても聞かねばならないと思った。彼に転機をくれた作品でもあり、決して忘れられない一枚である『家族写真』の物語を。
水野はコートを脱いで、勧められた椅子に腰かけると、おもむろに話し始めた。

私はあの当時、二十八歳でした。人生は完全に行き詰まっていました。急死した父親から引き継いだ印刷工場を潰してしまい、工場も家屋敷も手放して清算しましたが、まだ少なくない負債が残っていました。

とにかく金が欲しかった。そんな時、詐欺集団に誘われました。犯罪だとはもちろんわかっていましたが、選択の余地はなかった。目の前にぶら下げられた報酬が、喉から手が出るほど欲しかったのです。

私が誘われて一員になった詐欺集団のやり口は、今と比べるとのんびりしたものでした。そんなに巧妙でもない。どうしてこんな安直な話に引っ掛かるのか、不思議でしょうがなかった。グループのリーダー格の男は、三十代半ばの若い男でした。彼がすべての筋書きを考えるのです。

まだバブルの余韻がいくらか残っている時代だったので、うまい儲《もう》け話を持ち掛けて、金を巻き上げるのがひとつのパターンでした。ずさんな話なのに、バブル時代にちょっとでもいい目を見た人は、そういううまい話が転がっていることに違和感を覚えないのです。だから事業主や主婦をターゲットにすることが多かったです。

そちらの方はある程度の知識がいるし、相手も金儲けがしたくてギラギラした人が多いので、新参者の私の手には余りました。何度かへまをやって、私が使い物にならないのがわかったリーダーは、ある老人を引っ掛ける詐欺へ振り分けました。

「これが最後のチャンスだからな。ボケた爺《じい》さんも騙《だま》せないなら、もうお前はお払い箱だ」

そう言い渡されていました。まだ一度も報酬を受け取るところまでいっていない私は焦りました。単純な詐欺でした。今の「オレオレ詐欺」と似たようなやり口でした。違うのは、たいして下調べもしない手当たり次第の方法だったということでした。独居老人を狙って電話をかける。アンケートだとか市場調査だとかという名目で探りを入れる。個人情報の扱いに気を配るなどという意識の低い時代でしたから、案外話に乗ってくれるものだと聞きました。聞いたというのは、そういう役目も私には振ってくれなかったからです。口下手な私は、電話の相手から上手に情報を聞き出すということすらできませんでした。

私に与えられたのは、一番簡単で、だが一番危険な役目でした。すなわち今でいう「受け子」の役です。あの頃は直接老人宅へ行ったり、待ち合わせをして金を受け取るということが一般的でした。年配者で携帯電話を持っている人は少なかったですから、ATMまで誘導して金を振り込ませるという手口は使えませんでした。

私が初めて受け子として行った先は、木村惣一《きむらそういち》という七十代の老人のところでした。電話で接触した者からは、かなり認知症が進んでいるようだと伝えられていました。電話の相手を自分の息子と信じて疑わないのだと。不用意に息子の名前もしゃべってしまい、金の無心をすると、二つ返事で金を用意してくれたそうです。

その金を受け取りに行くのが私の役目でした。息子の名前は木村郁也《ふみや》で、彼の使いで来たと言えばいいとレクチャーされていました。

庭付きのこざっぱりした一軒家でした。奥から出てきた木村さんは、私の顔を見るなり、こう言ったんです。

「おお、郁也か。よく来たな。さあ、上がれ上がれ」

息子さんの知人だと名乗って、金を受け取ってくるはずだった私は固まってしまいました。こんな展開になるとは夢にも思っていなかったからです。玄関土間で立ち尽くす私を、木村さんは無理やり家に上げました。すっかり混乱してしまった私は、言われる通りに応じました。

小さな家でした。奥の茶の間に連れていかれ、卓袱台《ちゃぶだい》の前に座らされました。その間も木村さんは上機嫌で私に話しかけていました。茶を淹《い》れてくれ、郁也という息子の好物だという菓子を出してくれました。

私は話を合わせながら、冷や汗をかいていました。どうにかして約束の金を受け取って、リーダーのところへ持っていき、報酬をもらいたかった。そのことばかりを考えていました。木村さんは、私のことを本当の息子だと信じているようでした。そのことがわかると、少しは落ち着いてきました。

この老人は相当認知症が進んでいるようだと思いました。初めて会った私を、年恰好《としかっこう》が同じだからというだけで、自分の息子だと思い込んでいるのですから。木村さんは饒舌《じょうぜつ》でした。適当に相槌《あいづち》を打ちながら、彼の話を頭の中で整理しました。木村さんは妻を亡くして一人暮らしだということ。郁也という息子は、関西で働いているらしいが、あまり家に寄り付かないこと。木村さんは近所づきあいもなく、孤独な生活をしていること。

「お前が帰ってきてくれて嬉《うれ》しいよ。こっちに転勤になったのか」

そう問われて「うん」と答えました。

木村さんは「そうか」と嬉しそうに頷《うなず》きました。どこに住んでいるかという問いには、言葉を濁しました。会社の寮がまだ空かないので、同僚の家に住まわせてもらっているのだと言いました。それでも木村さんは不審に思うふうではなく、「うん、うん」と笑っていました。

その後、小一時間ほど話し込みました。木村さんは、郁也君が小さかった頃の思い出話や奥さんが亡くなった状況などを話してくれました。どうやら郁也君とは完全に音信不通になっているようだと私は気がつきました。自分の母親が死んだというのに、彼は戻って来ていないのです。茶の間には、小さな仏壇がありました。仏壇の前でおざなりに手を合わすと、木村さんは、涙を流して喜びました。

心が痛みました。それでも木村さんが差し出したお金は受け取りました。リーダーからは、郁也が集金した会社の金を落としてしまい、弁償させられるのだと伝えてあると聞いていました。封筒の中には五十万円が入っていました。

それをリーダーにそっくり渡し、報酬として五万円をもらいました。

「どうだ。まだ引き出せそうか」

裸の五万円をポケットに押し込みながら、私は答えました。

「いや、もう無理ですね。あの爺さん、かなりしっかりしていますから」

「そうか」

リーダーは残念そうに言いました。そんなふうに答えたのは、木村さんを庇《かば》うつもりでも何でもありません。私のことを息子だと思い込んでいる木村さんにさらに取り入るためです。あの人は認知症で、お金の勘定もできないのだ。あんなに喜んでいるのだから、息子のためなら、いくらでも出してくれるだろう。詐欺グループには内緒で、すべてを自分の懐に入れることができる。そんな狡猾《こうかつ》な計算をしたのです。

知らない老人から金を巻き上げることに罪悪感はありませんでした。

私は何度も木村さんを訪ねました。行くたびに、寂しい老人は歓待してくれました。私は適当にでっち上げた話を、木村さんに語りました。関西で転職したこと。スポーツ用品のメーカーで営業の仕事をしていて、今度、東京本社に転勤になったこと。仕事は面白いし、やりがいがあること。有名なアスリートにイベントで会う機会があったこと。

「そうか。お前はスポーツが得意だったからなあ」

木村さんは疑うことなく、相槌を打っていました。帰る時には、小遣いをくれました。もはや、心は痛みませんでした。当然のようにそれを受け取りました。

木村さんは私が訪ねていくのを、心待ちにしていました。連絡を入れると、弾んだ声を出し、寿司《すし》を取ってくれたり、高級な酒を飲ませてくれたりしました。そのうちに、もっとまとまった金額を彼から引き出すにはどうしたらいいかと考えるようになりました。

どうせ認知症を患《わずら》っているのだ。これからはどんどん症状が重くなるだけだから、嘘《うそ》がばれるはずがない。私はだんだん大胆になりました。

結婚したい人がいるんだ、と言いました。木村さんは、跳び上がらんばかりに喜びました。ネットで検索した適当な女性の写真をプリントアウトして見せました。

「きれいな人じゃないか。育ちもよさそうだ」木村さんは目を細めました。「早く結婚して孫を抱かせてくれよ」とも言いました。

「いや、まだ無理だ。結婚資金もないし」

「いくらいるんだ。少しならお父さんが出してやろう」

その時、百万円をもらいました。銀行の封筒に入ったお札を受け取った時は、さすがに後ろめたい気がしました。その日は、お祝いだと言って、外で食事をしました。連れていってくれたのは、まあまあ値の張る中華料理店でした。老酒《ラオチユー》で乾杯しました。

「おめでとう」と言われ、じんわりしたものが込み上げてきました。不思議な感覚でした。私自身も家族とは疎遠になっていたのです。父が遺した工場を潰したと言って姉夫婦にひどく責められました。母は姉夫婦に引き取られ、以来行き来がなくなっていました。

もうこんなふうに家族と食卓を囲むことはないだろうと思っていたのです。目の前に座っているのは自分が騙している人で、認知症を患う老人なのに、本当の父親のような気がしました。

しかしそれも一瞬のことです。まだまだ金を持っているらしい木村さんから、今度はどんな口実で引き出そうかと考えました。

次に彼女が重い病気になったと嘘をつきました。紹介したかったのに、その矢先だったと。木村さんは悲痛な表情を浮かべました。結婚前にそんな病魔に襲われて、彼女のご両親はどれほど辛《つら》い思いをしていることかと言いました。そんなこと、私は考えてもいなかった。木村さんは認知症になっても心の豊かな人でした。

彼女の入院費用として、また百万円をもらいました。

二か月の間にさらに二百三十万円。高額な医療を受けさせないと、命にかかわると訴えました。木村さんは疑うことなく、すんなりとお金を下ろしてきてくれました。その頃には、私の感覚も麻痺《まひ》してしまっていました。有難いとも思いませんでした。つましい暮らしをしているのに、かなり貯《た》め込んでいるんだな、とそんなことだけを浅ましく考えました。

例の詐欺集団は警察に摘発されてリーダー格の男は逮捕されました。メンバーは散り散りになりました。組織の下っ端で、最近は接触していない私のところに捜査の手が伸びるとは思えませんでしたが、慎重にならざるを得ませんでした。どちらにしても、そろそろ潮時だと感じていました。

「会社を辞めて、自分でスポーツ用品の店を出したいんだ」木村さんにそう言いました。「そうしたら、彼女と一緒に切り盛りできる。結婚して二人でやっていきたい」と。

「そうか。郁也も一家の大黒柱になるんだな。その上に店の主《あるじ》か」

木村さんは、顔をほころばせました。それまでに彼から手に入れた金で、だいぶ借金が減っていました。もうひと押しして、借金をチャラにして、ここからおさらばしようと思いました。私は厚顔にも、独立資金を木村さんにせびりました。木村さんは二つ返事で五百万円を銀行から下ろしてきてくれました。

木村さんが銀行から帰ってくるのを、私は彼の自宅で待っていました。もうここへ来ることはないんだと思うと、寂しい気もしました。私が来なくなったら、木村さんはどうするだろうとちょっとだけ考えましたが、すぐにそんな考えを追い払いました。ここで感傷的になるぐらいだったら、私はこんな惨《むご》いことはしなかった。心を殺しているからこそ、できたことでした。私はもう人間ではありませんでした。

銀行から帰ってきた木村さんは、分厚い封筒を私に差し出しました。そして言いました。

「君が来なくなると寂しいよ」

受け取ろうと出した手が止まりました。聞き間違えたかと目を見張りました。

「これで私の貯金は全部なくなった。君にとっては利用価値のない人間になった」

静かな口調で木村さんは言いました。私は返す言葉がありませんでした。ただ体を硬直させていました。木村さんのところに初めて来た時のように。

木村さんはわかっていたのです。私が息子ではないことを。彼は認知症でも何でもなかった。私が詐欺師だと知っていたのです。それを承知の上で、金を渡してくれていたのです。

「なぜ……？」それだけ言うのがやっとでした。

「息子の郁也は十五年前に死んだんだ。高校の卒業式の日、校舎の屋上から飛び降りて」

絶句しました。

「年を取ってからやっと出来た一人息子だった。辛かったよ。原因はいじめだとか、失恋だとか、将来を悲観してだとかいろいろ憶測されたがね。結局わからなかった。理由を探すことに、私も妻も疲れ果てた。郁也はもういない。それがすべてだと諦めた」

木村さんは淡々と語りました。仏壇には位牌が二つ並んでいたことを、その時になって思い出しました。

「妻も三年前に心筋梗塞で亡くなった。以来、私は孤独な暮らしを続けてきた。何日も人と話すことがないような寂しい生活だった」

だからね、と木村さんは言いました。「だから、この四か月ほどは楽しかった。郁也が生き返ってきたような気がした。息子が結婚して、孫が生まれて——。そんな想像をさせてくれた」

ありがとう、と木村さんは言いました。私はその場に突っ伏して許しを乞いました。

「いただいたお金はきっと返しますから」そう言いました。

「いいんだ。金はもう必要ないからね。君の役に立ったならそれでいい」

私は号泣しました。どうしてこんなに情けないことをしたのだろう。金なんか働いたら手に入る。なのに、こんな善良な人を騙して手っ取り早くケリをつけようとしたなんて。

「もういいから」

私が落ち着くと、木村さんは言いました。そしてうなだれた私をつくづく見てぽつりと呟《つぶや》きました。

「ああ、君が本当の息子だったらなあ」

また泣けてきました。

木村さんと私は、連れだって家を出ました。どこへ行くという当てもなく、二人並んで歩きました。春でした。桜が満開でした。そのことに初めて気がつきました。季節の移ろいにも気持ちがついていっていませんでした。

桜並木の下を、木村さんと歩きました。もう言葉を交わすことはありませんでした。私のジャケットの内ポケットには、五百万円が入った封筒が納まっていました。返そうとする私を、木村さんは押しとどめたのです。どうしても持って行けと言ってききません。

この人は、無一文になってどうするのだろう。息子に先立たれ、長年連れ添った妻にも死なれ、たった一人で生きていくことに意味を見出《みいだ》さなくなったのではないか。お金に執着しなくなったのは、すなわち生きることを諦めたからではないのか。このまま別れてしまうと、この人は命を絶つのではないか。自分がしてきたことを棚に上げて、私は震えました。

だが、そういうことを言い出せず、ただ延々と続く桜並木の下を歩いていました。

その時でした。前を歩いていた二人連れの一人が、何かを落としたのです。見れば、若い女性は赤ん坊を抱いていて、むずかる子をあやした途端、バッグから手帳のようなものを落としてしまったようでした。若いお母さんは落とし物に気づかず、歩き去ろうとしていました。私たちはじきに手帳のところまで歩み寄りました。手帳は道に落ちたまま、風にめくられて開きました。母子手帳でした。中に住所が書いてありました。何気なくそれを読み、以前私が住んでいたところ（印刷工場があった場所）の近くだなあ、とぼんやり考えました。

かがんでそれを拾い上げ、前を行く女性に声を掛けました。女性が足を止めました。驚いたことに、それまでむずかって泣いていた赤ん坊が、私を見て笑いました。お母さんの肩を乗り越えるようにして、私に手を伸ばしてくるのです。

ああ、あの輝くような笑顔。あんなに無垢《むく》で真っすぐな笑みが自分に向けられているとは信じられませんでした。小粒の真珠のような前歯が二本生えているのすら、奇跡に思えた。さっきまで老人を騙して金を巻き上げようとしていた歪《ゆが》んだ性根の私に。

ちっぽけな赤ん坊に神々《こうごう》しささすら感じました。

お母さんは驚いて振り向きかけていました。我が子が何に反応したのか、見ようとして身を反らせるようにしました。彼女に付き添っていた年配の女性と木村さんは、偶然並んで立つようになりました。二人とも、あまりにあどけない赤ん坊の仕草に釣られて柔らかな表情を浮かべていたように思います。

あなたがシャッターを押したのは、まさにその瞬間でした。

もちろん、その時は四人ともそのことに気づきませんでした。私は拾った母子手帳を彼女に返しました。

「ありがとうございます」

微笑《ほほえ》んだお母さんは、赤ん坊とそっくりでした。

私たちは、その場で別れました。彼女は連れの女性と、私は木村さんと、別々に歩いていきました。

しかしあの奇跡の瞬間、何かが変わっていたのです。木村さんの周辺に漂っていた諦めや寂しさ、陰鬱さは、すっかり影を潜めていました。どう言ったらいいか。この世も案外捨てたもんじゃないな、というような明るく前向きな力が生まれたように感じました。桜並木が途切れると、木村さんは、私に向かって手を挙げました。

「じゃあ、また遊びに来てくれよ」

それだけ言って、背を向けてすたすたと去っていったのです。

本当に私はそれから何度も木村さんを訪ねました。五百万円は、借金の返済に当てさせてもらいました。報告すると、木村さんは「それでいいんだ」と言いました。こんなことを私が言うのは間違っていると承知していますが、それからは本当の親子のように交流しました。

二か月ほど経《た》った時、あなたの写真が大きな賞を取りました。私たち五人の束《つか》の間《ま》の接触を、あなたは『家族写真』というタイトルで発表したのでした。木村さんは、面白がったり喜んだり大騒ぎでした。ますます生きる気概に溢《あふ》れてきました。

私はふとあの女性二人はこのことを知っているだろうかと思いました。知らないでいるのなら、教えてあげたいと思いました。母子手帳を拾った時、偶然目にした住所は憶えていました。お母さんの名前が阿川早織《あがわさおり》ということも。

私は、『家族写真』が載ったグラビア誌を持って、その住所を訪ねて行きました。以前住んでいた町内ですから、すぐに捜し当てることができました。古い一軒家でした。呼び鈴に応えて出てきたのは、まさにあの時の若いお母さんでした。私はグラビア誌を広げて早織さんに見せました。彼女は食い入るようにそれを見ていました。

「家族写真――」

ぽつりとそれだけ呟きました。何かが彼女を突き動かしているという気がしました。彼女は家の奥に向かって「お義母《かあ》さん」と呼びました。早織さんは手早く、夫が亡くなったので、お姑さんの家に住まわせてもらっているのだと説明しました。

奥から出てきたお姑さんは、女の赤ん坊を抱いていました。不思議なことに、その子はまた私を見て満面の笑みを浮かべたのです。

「この子はすごく人見知りをするのに、おかしいわねえ」

お姑さんは、目を丸くしました。

それから私は家に上げてもらい、話をしました。赤ん坊の名前は陽葵《ひまり》ちゃん、お姑さんの名前は美知恵《みちえ》さんというのだと知りました。早織さんは近々、実家のある新潟に引っ越すことにしていると言いました。夫の籍から離れて人生をやり直すつもりだと。私の目の前に座っている二人は、数日後には別れてしまう運命だったのでした。

しかし早織さんは、意を決したように美知恵さんに言いました。

「お義母さん、私、やっぱり新潟に帰るのはやめます。ここで暮らします。お義母さんのそばで陽葵を育てます」

美知恵さんは、首を縦に振りませんでした。どうしても自分の近くにいてはいけないと譲らないのです。早織さんは泣き出しました。私が二人の間に入ってとりなすというおかしなことになりました。

「これ」

早織さんは、しゃくり上げながら『家族写真』を美知恵さんに突きつけました。

「これを見てください。私たちは家族でしょう？　どうしてお義母さんのそばにいてはいけないの？」

戸惑いの表情を浮かべた美知恵さんが、私を見ました。お姑さんの視線を追って、早織さんも私の方を振り返りました。陽葵ちゃんがハイハイをして来て、私の膝に両手を置きました。そしてまたあの輝くような笑顔を向けたのです。

あなたは「縁」というものを信じますか？　あの『家族写真』が私たちを結びつけたのです。私はその一年後、早織さんと入籍しました。陽葵ちゃんの父親になったのです。

付き合っている間に、早織さんから彼女たちの事情を聞きました。早織さんのご主人だった久仁彦《くにひこ》さんはリストラに遭い、職を失いました。再就職がうまくいかず、酒浸りになったそうです。早織さんが働きに出ようとした矢先、妊娠していることがわかりました。だいぶ前に夫と死別していた美知恵さんが何度もやって来て、息子を諭《さと》しましたが、久仁彦さんは荒れる一方でした。収入がないのでマンションを引き払い、安アパートに移りました。

久仁彦さんは、子供を堕胎するように命じました。こんな状態では子供なんか育てられないというのです。早織さんがどうしても産みたいと言うと、妻に暴力を振るうようになったそうです。殴る蹴る、髪をつかんで引きずる、首を絞める。それは凄絶《せいぜつ》なものだったといいます。挫折した自分を直視できなかった。悲観し、絶望し、アルコールに救いを求めたのでした。屈折した思いが、子供の父親になることへの恐怖へつながりました。

このままでは、子供はお腹《なか》の中で死んでしまうのではないか。早織さんも美知恵さんもすっかり疲弊し、精神をすり減らしてしまいました。

しかし、そんな生活にも呆気《あっけ》なく終わりがきました。久仁彦さんが、酔ってアパートの外階段を踏み外して転落したのです。首の骨を折り、それが原因で亡くなってしまいました。皮肉なことに、それで陽葵ちゃんは無事にこの世に生を受けることができたのです。

早織さんは、お姑さんに助けてもらいながら、夫と暮らした地で子育てをしたいという希望を持っていましたが、美知恵さんがそれを拒否しました。陽葵ちゃんと別れるのは辛《つら》いけれど、私のそばにいてはいけない。もう久仁彦のことも忘れなさいとその一点張りでした。私はあなたたちのそばにいる資格はないのだとも言いました。

実家のご両親にも戻って来るようにと何度も催促されました。

決心のつかない早織さんは陽葵ちゃんを連れ、お姑さんと有名な桜並木を見に行きました。彼女たちも途方に暮れていたのです。そこで私と木村さんに偶然出会い、出会いの瞬間をあなたがカメラに収めました。

これが二十四年前、『家族写真』が起こした縁の物語です。

ああ、もう一つありました。私たちが結婚した後、木村さんと美知恵さんも一緒に暮らし始めたのです。あの木村さんの小ぢんまりした家で。正式に籍は入れませんでしたが、八年前に木村さんが亡くなるまで、とても仲よく生活していました。

私たち夫婦と木村さんと美知恵さんは、実の親子のように親しく行き来しました。「君が本当の息子だったらなあ」と言った木村さんの望みも叶《かな》いました。

本当の家族になったというのは、そういうことだったのです。


水野拓馬の長い長い話が終わった。いつの間にか肩に力が入っていた。要一はハイバックチェアにぐったりともたれかかった。

「あの写真がなければ、私たちは結びつくことはありませんでした。あなたが引退されると知って、どうしてもこの話を聞いて欲しくて、厚かましくお訪ねした次第です」

「そんなことをあの写真が引き起こしていたなんて」要一はゆっくりと首を振った。「まったく想像もつかなかったな」

一つ大きく息を吐《つ》いた。

「陽葵はすくすくと育ちました。私を本当の父親だと思って。でも十六歳の時に事実を告げました。それでもあの子は少しも変わりません。私に向けてくれる笑顔は、初めて会った時のままです」

陽葵の下には妹が一人生まれ、姉妹はとても仲がいいのだと水野は言った。

「そのう――美知恵さんはお元気なんだろうか」

「ええ」水野は声を弾ませた。「元気に一人暮らしをしています。私たちと同じマンションの別の部屋で。今年、八十三歳になりましたが、まだ足腰もしっかりしています」

「そうか」

「中川さん」水野は居住まいを正した。「実はもう一つ目的があって、ここへ来ました」

「何だろう」

「陽葵が結婚するんです。来年の春に」

「それは――おめでとう」水野はぐっと体を乗り出した。

「結婚式に来てもらえませんか？　私たちを引き合わせた写真を撮ったあなたに出席してもらいたいんです。妻とも相談してお願いに上がったんです」

「ありがとう」

要一は微笑んだ。水野の顔にぱっと笑みが広がる。

「だが――遠慮しておくよ」

浮かんだ笑みは、急速に萎《しぼ》んでいった。

「悪く思わないでくれ。カメラマンは、レンズのこちら側にいるべきだと思うんだ。それが何と言うか、僕の信念でね」

「わかります」気を取り直して、水野は言った。「厚かましいお願いをしてすみませんでした」水野は立ち上がって頭を下げた。

「お嬢さんのお幸せを祈っているよ。レンズのこっち側からね」

水野は礼を言い、突然訪問した非礼を詫《わ》びて部屋を出ていった。水野が坂を下って行くのを、要一は見送った。

彼が語った物語をもう一度自分の中で反芻《はんすう》した。まさかあの五人にそんな事情があったとは思わなかった。『家族写真』に写った美知恵の顔を思い浮かべた。あの人が幸せになったと聞いただけでもよかった。

二十四年前、要一は、写真週刊誌の専属カメラマンをしていた。事件や事故の現場を撮影したり、芸能人のスキャンダル写真を盗撮したりする仕事だ。気が滅入《めい》るような現場だったが、それでも食べていくためには仕方がないと自分に言い聞かせてカメラを向けていた。

その当時、売れに売れていたあるロックバンドのリーダーが、NHKの大河ドラマで主役を張るような女優と交際しているらしいという情報を得た。彼らが密会するマンションを探り当てた編集部から、スクープ写真をものにするように命じられた要一は、マンションの向かいにあるビルの一室を借りて張り込んでいた。

彼らも用心していたのだろう。なかなか現れなかった。要一がカメラを据え付けたビルの部屋は三階にあり、道を隔てたマンションの玄関ロビーがよく見渡せる場所だった。彼は寝袋を持ち込み、二十四時間体制で粘ったが、これと思ういいショットは撮れなかった。

望遠レンズを取り付けたカメラを、四六時中覗《のぞ》き込んでいるうちに、要一は別のことに気がついた。マンションの隣に古びたアパートがあった。二階の一番手前の部屋に若い夫婦が住んでいた。妻の方は妊娠しているようだった。

初めはたいして気にしていなかった。その夫婦に気が向き始めたのは、働きに行く様子もなく家にいる夫が、妻に暴力を振るっている様子が見受けられたせいだ。夫は常に酔っぱらっていて、不機嫌だった。がなり立てる声が要一のいる部屋にまで届いた。

昼間はアパートの住人は出払っているのか、人の気配がない。時に窓が開けられていて、夫が妻を口汚く罵《ののし》った挙句、突きとばしたり足蹴《あしげ》にしたりする様子が見て取れた。逃げ出した妻を、階段口のところで捕まえて、部屋まで引きずっていくこともあった。

少しだけ膨らんだ腹をした妻は、されるがままだった。赤ん坊だけは守りたいのだろう。常にお腹を庇っていた。要一は気が気ではなかった。こんなことが続けば、子供の命が危ない。誰の目にも触れず行われている弱者への暴力に憤《いきどお》りも感じた。警察に通報すべきだとも思った。時に夫の理不尽な行為をカメラに収めることもあったから、それを見せれば彼は妻への傷害罪で逮捕されるだろうと思った。

だが――できなかった。

そんなことをして、ここが事件の現場として報道されれば、芸能人のカップルは警戒してこのマンションに近寄らなくなるだろう。そうなったら、今までの努力が水の泡だ。

彼が迷っているうちに、暴力はどんどんエスカレートしていった。夫の行為に耐えていた妻の泣き叫ぶ声が聞こえるようになった。外階段を下りる妻の顔に醜い痣《あざ》ができていた。望遠レンズを通して、要一はそれを見た。だが、行動に移せなかった。そこに介入してきた人物がいた。それは夫の母親のようだった。「久仁彦」と呼び捨てにする声がかすかに届いてきた。彼女は息子を叱り、酒を取り上げて、妻への暴力をやめるようこんこんと言い聞かせているようだった。

だが息子は、よっぽど性根の腐った男と見えて、母親の忠告にも聞く耳を持たなかった。それどころか、さらにいきり立つのだった。酒を浴びるように飲み、妻だけでなく、度々訪れるようになった母親にも食ってかかった。そんな様子を見ていると、要一も気が塞《ふさ》いだ。もはや芸能人カップルどころではなかった。この一家の行く末が気になって仕方がなかった。母親は一計を案じ、妻をどこかに逃がしたようだった。

ほっとしたのも束の間、数日後妻は夫に連れ戻された。要一は暗澹《あんたん》たる気持ちになった。ああいう輩《やから》は、常に自分の力を誇示できる相手をそばに置いて存分にいたぶりたいのだろう。それは取りも直さず、男の弱さを露呈することにもなるのだが。

すぐに母親がやって来た。彼女は有無を言わさぬ態度で、妻を外に追い出して、自分の息子と対峙した。わずかな間にも殴られたのか、妻はまた痣をこしらえていた。夫が母親を押しのけて階段の上に出てきた。汚れたシャツにだらしなく上着を羽織り、裸足《はだし》にサンダルをつっかけていた。何かを喚《わめ》きながら妻に襲いかかる。妊娠しているせいでバランスを崩した女性は、男につかみかかられ、押されて階段を数段踏み外した。

要一の口から思わず「あっ!」という小さな叫びが出た。

なんとか手すりにすがって持ちこたえた妻は、顔をくしゃくしゃにして泣きながら階段を下りた。追いすがろうとする男を、母親が羽交い絞めにし、下から見上げる女性に「早く行きなさい」と叫んだ。

しかし妻は動かない。彼女は、どうしようもないこの男を捨て去ることができないのだ。ひどい目に遭っても、やがて戻ってきてしまうのだから。それに母親も気づいているのだろう。鬼のような形相《ぎょうそう》で邪険に追い払う仕草をする姑の気迫に押されたように、若い妻は、とうとう小走りでそこを立ち去った。

そういういきさつを、要一は望遠レンズ越しに見ていた。男は力まかせに母親の体を払いのけた。血走った目と、涎《よだれ》が垂れた顎がすぐそこにあるように見えた。母親は反動で階段の上で尻もちをついた。

「待ちなさい！　久仁彦！」

それだけははっきりと聞いた。男は逃げた妻を追いかけるつもりなのだ。ガバッと起き上がった母親は、驚くべき行動に出た。自分の息子の背中を思い切り押したのだ。男の足からサンダルが脱げて飛んだ。一拍遅れて体が空中に飛び出した。勢いよく押されたせいで、階段を転がることもなく、一気に地面まで落下した。酒浸りで病み衰えたような薄い体は、いやというほど地面のコンクリートに叩《たた》きつけられた。

要一は、カメラを覗いたまま、微動だにできなかった。望遠レンズが、おかしなふうに首の曲がった息子の体をとらえた。見開いた冷たい目が、じっと見つめる要一に向けられていた。

そろそろと階段を下りてきた母親は、しばらく息子のそばに立ち尽くしていた。彼女は自分の手で、息子のねじれた人生にケリをつけたのだ。そして新しい命を守った。究極の選択をした母親は、それでも悲しい目をして我が子を見下ろしていた。

エアポケットのように人通りの絶えた道路を、要一は望遠レンズでなぞった。そして戦慄《せんりつ》した。去ったはずの妻が、隣のマンションの植え込みの陰に立っていた。彼女は、姑のしたことをすべて目撃していたのだ。滂沱《ぼうだ》の涙が、妻の頰を流れていた。それを拭うことなく、妊婦はじっと隠れていた。

要一は、息子を手にかけた母親と、それを見てしまった妻の顔を交互に眺めた。姑の顔に表れた悲しみ、悔い、嗟嘆《さたん》、消沈。妻の顔に現れた悲傷、痛哭《つうこく》、諦め、そして赦《ゆる》し。

人間の顔は、これほどまでに感情を映し出すものなのか。

すっと持ち上がった母親の視線に、射抜かれた気がして要一は震えた。

その時、アパート一階の奥の部屋のドアが開き、作業着姿の中年の男が飛び出してきた。不穏な音に驚いたのだろう。彼は状況を見て、さらに慌てふためいた。

「大変だ！」

大声が響いてきた。こと切れた息子のそばに立つ母親が、あまりに冷静でいることに、男は違和感を覚えたらしい。

「あんた――」階段の下のやり取りは、要一の耳にもよく届いた。「あんた、いったい……」

その時、植え込みの陰に隠れて立っていた妻が足早に近づいてきた。もう泣いていなかった。

「この人は、足を滑らせて落ちたんです。いつでも酔っぱらっていたから。前から危ないと思っていたの」

毅然《きぜん》とそう言い放った。姑がはっとして息子の妻を見返した。

「いいえ……」否定しようとした姑を、妻は遮《さえぎ》った。

「私、そこで見ていたから間違いない」

それから夫の傍《かたわ》らに腰を落とした。手を差し伸べて、開いたままになっている両の目をそっと閉じてやった。

「もういいわね。もう楽になったね」

要一はゆっくりとファインダーから目を外した。シャッターに置いた指が強張《こわば》っている。自分には、今シャッターを押す資格はない。そう思った。今まで何を写してきたのか。その思いが、彼の身の内を焦がし、焼き尽くそうとしていた。

そして機材を撤収し始めた。大きなものが自分の中で動き始めたのを感じていた。今までの仕事はまやかしだった。長年カメラマンをしてきたのに、何も写し取ってこなかった。ビルを後にする時に、近づいて来る救急車やパトカーのサイレンを聞いた。

その日、要一は所属していた写真雑誌のカメラマンを辞めた。

それから人間を写すことに没頭した。ただ表情を撮るだけではない。背後にある人生、刻み込まれた年輪、語られることのない物語、シャッターを切る瞬間に発せられる感情の揺らぎを切り取ることに心を砕いた。収入は激減し、取り崩していた蓄えも底を突きかけた時、またあの二人を見つけたのだ。

一年以上が経っていた。桜並木の下を歩く人々に歩道橋の上からカメラを向けていた時だった。突然、見憶えのある二人を望遠レンズがとらえた。忘れるはずがない。あの二人の顔は瞼《まぶた》の裏に焼きついていた。まるまると太った赤ん坊を抱いた妻は、姑と一緒にいた。そのことに驚くと同時に安堵《あんど》した。

彼は、目撃した事件のことは通報しなかった。できなかった。やむにやまれぬ思いで、あんな惨いことを我が子に為《な》した母親を誰が責められるだろう。少なくとも傍観者だった自分がそれをするわけにはいかないと思った。母親のせつない犯罪は闇に葬られた。息子の妻が、すべてを呑《の》み込んだ上で企図したことだ。だが母親は、我が子を殺してしまったという自責の念に苛《さいな》まれ続けているだろう。

血のつながらない二人の間に、あれから起こった物語はどんなものだったのか。それを考えながら、要一はシャッターを押し続けた。それまでの一年、肝に銘じていたことは、被写体である人物の物語には決して介入しないこと。ただ写し取ることだけに徹すること。透徹した目で見ると、彼らの内面が自ずと彼に向かって開かれるのだった。

間断なく降る薄桃色の花びらの中、若い母親に声をかける者があった。赤ん坊がぱっと顔を輝かせ、嬉しそうに手を伸ばした。その瞬間も要一はカメラに収めた。もう一人、年配の男性が姑のそばに立っていた。

家に帰って画像を現像し、つくづくと見入った。物語が立ち上がってきた。姑には夫があったのだ。そのことに思いが至らなかった。夫のためにも、彼女は自首しなかったのかもしれない。そして、赤ん坊を抱いた母親に声をかけている男性。きっと新しい伴侶と出会ったのだと思った。

悲しい運命に翻弄された嫁と姑だった。誰にも言えない秘密が結びつけた二人だったが、今は穏やかに寄り添って生きているのだ。その後の幸せな生活を如実に物語る写真に見えた。

赤ん坊を中心にした若い夫婦と年取った両親。五人すべての表情に深みがあり、見る者の心に何か大事なものを投げかけてくる。それが真っすぐに伝わったのか、『家族写真』というタイトルで発表した作品は、大きな賞を受賞した。中川要一の名前は一気に知られるようになった。人物写真を撮らせたら、これほど巧みな写真家はいないとまで言われた。

あの写真は、要一の人生を大きく変えてくれた。ところが、その先にまだ物語は続いていたわけだ。水野の話を聞いて、それがわかった。『家族写真』に写った人々は、あの当時、家族ではなかったという驚きの事実。水野と木村との間にも、想像を絶する物語があった。一人一人の表情に深みと重みがあるのは、そういうわけだった。

そしてあの『家族写真』に導かれるように、彼らは本当の家族になった。

阿川美知恵——今は名前を知ったあの姑が、あの後幸せに暮らしていたことを知っただけでもよかった。あの時の赤ん坊が結婚するという事実も、要一を温かな気分にさせた。まったくの赤の他人を結びつけたのは、『家族写真』ではなくて、あの子かもしれないな。そう要一は考えた。

陽葵という名前の通りの明るい子が、周囲をすっかり照らし出したのだ。

だから——やはり自分はレンズのこっち側にいるべきなのだ。人々の物語に介入することなく。あのアパートの階段で起こった真実を、水野は知らない。早織と美知恵の間で共有され、今も彼女らの心に鋭い棘《とげ》となって突き刺さっているであろう出来事をどうこうする権利は自分にはない。そこは、決して足を踏み入れてはならない領域なのだ。

「あなたは『縁』というものを信じますか？」と水野は要一に問いかけた「あの『家族写真』が私たちを結びつけたのです」とも。

結びつける縁もあれば断たねばならない縁もある。水野が知らないでいる縁は、自分がそっと切っておこう。ユリの茎を迷いなく断ち切った花屋の女性のように。あの後、彼女は一気呵成《かせい》に美しい盛り花を仕上げたのだった。

要一は、デスクの上のニコンを持ち上げた。

レンズが冬の光を受けてきらりと光った。

この物語はフィクションです。実在の人物、団体、事件とは一切関係がありません。

初出「小説宝石」

「ガーベラの死」　二〇二一年六月号
「馬酔木《あせび》の家」　二〇二三年一〇月号
「クレイジーキルト」　二〇一八年九月号
「ミカン山の冒険」　二〇二四年九月号
「弦楽死重奏」　二〇二四年一月号
「家族写真《ファミリー・ポートレイト》」　二〇二〇年一月号

宇佐美まこと（うさみ・まこと）
1957年松山市生まれ。2006年「るんびにの子供」で第1回『幽』怪談文学賞を受賞してデビュー。2017年『愚者の毒』で日本推理作家協会賞を受賞。2020年『展望塔のラプンツェル』で山本周五郎賞候補に。ほかに『羊は安らかに草を食み』『月の光の届く距離』『その時鐘は鳴り響く』など。作品は、ホラー、怪談、ミステリーと多岐にわたる。

謎《なぞ》は花《はな》に埋《う》もれて

2025年1月30日　初版1刷発行

著　者　宇佐美《うさみ》まこと
発行者　三宅貴久
発行所　株式会社 光文社
〒112-8011　東京都文京区音羽1-16-6
電話　編　集　部　03-5395-8254
書籍販売部　03-5395-8116
制　作　部　03-5395-8125
URL　光　文　社　https://www.kobunsha.com/

組　版　萩原印刷
印刷所　新藤慶昌堂
製本所　ナショナル製本

落丁・乱丁本は制作部へご連絡くだされば、お取り替えいたします。

ISBN978-4-334-10549-5